사랑은 그렇게 하는 것이 아니다

사랑은
그렇게 하는 것이
아니다

김달 지음

빅피시
BIG FISH

chapter 5
상처를 털고 나아가는 법

기억하라, 나는 부서질수록
빛나는 사람이다

가장 좋은 관계가 지금부터 시작된다

사람을 잘, 만나고 계신가요?
늘 어렵게 느껴지는 이 일이
얼마나 중요한지를 생각할 때면
언제나 떠오르는 한마디가 있습니다.

> "결정적인 순간,
> 네 곁에 있는 사람에 따라
> 삶이 크게 달라질 수 있다.
> 그것이 좋은 방향일지,
> 나쁜 방향일지를 결정짓는 것은
> 너의 선택에 달렸다."

개인적인 중대사를 앞두고, 고교 시절 선생님을
뵈러 갔을 때 들었던 이 말은
지금도 마음속에 깊이 박혀 있습니다.

그 뒤로 제 삶에는 엄청난 변화가 일어났습니다.
내가 만나는 '사람'이 '나의 내일'을 만든다는
사실을 실감했죠.

사랑과 인간관계에 관한 상담을 하면서
사람 수만큼 다양한 고민을 접합니다.
상처받은 사람이 슬퍼하는 건 말할 것도 없고
상처 준 사람도 괴로워하며 조언을 구합니다.
마치 관계의 그림자가 상처인 것처럼 말이죠.
상처받지 않고 상처 주지도 않는 관계를
이어나갈 순 없는 걸까요?

한 사람을 만나 마음을 나누는 일은
나와 다른 세계를 알아가고 두 세계를 조화시키는 일입니다.
그 과정에서 우리는 복잡한 미로에 갇힌 듯
주저앉기도 합니다.
'나는 인복이 없나 봐.'
'너무 크게 상처받아서 다신 누굴 만나고 싶지 않아.'
때론 너무 낙심해서 누군가를 만나는 일을
포기하고 싶습니다.

그러나 우리는 또다시 누군가를 만나 교감하기를 꿈꿉니다.
사랑과 인간관계를 포기하는 건
인생의 큰 부분을 포기하는 것과 같기 때문입니다.
더 좋은 관계를 추구하며 우리는 성장합니다.

"사랑은 쉽게 할 수 있는 본능이 아니라
배우고 익혀야 하는 기술이다."
철학자 에리히 프롬의 말입니다.
흔히 사랑은 감정과 감으로 하는 것이라고 생각하지만
이성과 자기조절력으로 사랑할 때 성공할 수 있고
더욱이 그 관계가 오래 지속될 수 있습니다.

좋은 관계에 자격은 필요 없지만 기술은 필요합니다.
그리고 기술을 발휘하기 위한 태도와 마음가짐도
필요합니다.

　　　사람 보는 눈을 키우는 법.
　　　서로를 알아가는 과정에서 주의해야 할 것.
　　　감정의 홍수 속에서 꺾이지 않는 마음을 갖는 법.
　　　그 모든 기술과 태도, 마음가짐을

이 책에 담았습니다.

우리가 누군가를 만나는 한
상처는 불가피할지도 모릅니다.
그러나 지금 고민으로 아파하는 시간들이
아무것도 아닌 것은 아닙니다.
더 단단한 내가 되는 과정이 될 수 있습니다.

"가장 좋은 날은 아직 오지 않았다"라는 말을 좋아합니다.
지금 사랑과 인간관계로 인해 아파하고 있다면
당신의 가장 좋은 사람은 아직 오지 않은 것입니다.
이 책을 읽어나가며 자신과 주변을 돌아보는 것이
가장 좋은 관계의 시작이 될 것입니다.

그날을 앞당기는 건 당신 몫입니다.

김달

가졌는가?
누군가의 마음을
완전히 사로잡는 힘

누군가의 마음을 내 것으로
만들고 싶다면

나와 다른 생각을 가지고
다른 방식으로 살아가는 사람들을
두루두루 만나보는 것이 중요하다.
그래야 내 마음을 뒤흔드는 사람을 만났을 때도
옳고 그른 것을 판단할 힘을 기를 수 있다.

사람 보는 눈을 키우고 싶은가?

방법은 단 두 가지뿐이다. 첫 번째는 나의 수준을 높여서 아무나 만나게 될 가능성을 상대적으로 줄이는 것, 두 번째는 가능한 한 많은 사람을 만나보고 경험치를 늘리면서 감정에 대한 내성을 기르는 것.

내 수준을 높여서 아무나 만나지 않는 방법도 좋다. 감정 소비, 시간 낭비하지 않고 금방 제대로 된 사람을 만나 평생 사랑할 수 있다면, 그것만 한 행운이 어디 있겠는가. 그렇지만 현실적으로 쉽지 않다. 또한 사람을 보는 눈은 있을지언정 여러 사람을 만나는 경험을 하지 못했기 때문에 후자의 방법보다 위험할 수 있다.

어쨌거나, 다양한 사람을 만나봐야
사람에 대한 기준이 생긴다.
책이든 영화든 주변 사람들한테 전해 듣는 얘기든
직접 경험하는 것에 비하면 아무것도 아니다.

그래서 나는 사람을 많이 만나보라고 권한다. 특히 20대에는 여러 사람을 만나는 데 시간을 썼으면 한다. 그렇다고 미래 준비는 소홀히 하면서 사람만 계속 만나도 되는 걸까? 물론 그건 아니다. 20대쯤 되면 앞으로 어떻게 살아갈지에 대한 대략적인 방향이 잡힌 시기라고 보고, 이를 바탕으로 말하는 것이다.

사람을 만나고 연애를 하는 데도 내성이라는 게 쌓인다. 누군가를 만나 사랑하고 이별하는 과정이 어땠는지 돌이켜보라. 매일같이 감정은 널뛰고 이성적인 사고가 마비되는 일이 예사가 아니었는가. 날아갈 것 같이 행복하다가도 죽을 만큼 힘들고 심지어 아무것도 못 할 정도로 일상마저 흔들리지 않았는가. 마치 지독한 병에 걸렸을 때처럼 말이다.

> 누군가의 마음을 내 것으로 만들고 싶다면
> 먼저 사랑에 대한 내성을 길러라.
> 이런저런 사람을 만나보고 다양한 문제를
> 겪어보고 이별도 해보면서
> 사랑이라는 격한 감정에 대한 내성이 생기면
> 어떤 경우에도 이성적인 사고를 할 수 있을 것이다.
> 그렇게 점점 더 나은 선택을 해나갈 수 있을 것이다.

내가 아무리 올곧은 가치관을 가지고 있어도, 사람을 제대로 판단하고, 그의 마음을 잘 헤아려야겠다고 다짐하고 또 다짐해도, 순간 불타오르는 감정 하나가 모든 걸 무너뜨릴 수 있다. 그렇기 때문에 나와 다른 생각을 가지고 다른 방식으로 살아가는 사람들을 두루두루 만나보는 것이 중요하다. 그래야 내 마음을 뒤흔드는 사람을 만났을 때도 옳고 그른 것을 판단할 힘을 기를 수 있다. 그렇게 그 사람의 마음을 내 것으로 만들 수 있다.

이성을 만날 기회가
없을 때는 어떻게 할까

▶

아이스 브레이킹을 연습하면
사람을 만날 기회가 훨씬 많아진다.
눈 딱 감고 먼저 말 거는 연습을 한번 해보자.

"도대체 어디서 사람을 만나야 하나요?"

이렇게 물어보는 사람이 많다. 이성을 만날 기회가 많은데도 그저 스쳐지나 가버리거나 지인이나 동료 이상이 되지 못한다. 이런 사람 중에는 내향적인 사람이 많다. 낯선 사람들과 잘 어울리지 못하고 먼저 다가가지 못하는 스타일이다. 타인 앞에서 말을 많이 하지 않고 긴장하고 있기 때문에 남들로부터 차가운 사람이라거나 상대에게 관심이 없다고 오해받는 경우가 많다.

예를 들어, 어떠한 사람이 나의 외적인 모습을

보고 관심을 가졌다. 그런데 내가 내향적이라면 관심을 가졌다가도 다가가기가 어려워서 자기도 모르게 뒷걸음질 치게 될 수 있다. 너무 차가워 보여서 쉽게 접근을 못하겠다고 생각하는 경우가 분명히 있을 것이다.

사람들이 나에게 다가오지 않는가?
그렇다면 자신이 어떤 태도로 사람들을 대하는지
먼저 돌아보았으면 좋겠다.

집 앞 편의점에 자주 가는데 항상 마주치는 직원이 있다. 1년 가까이 그 사람이 계산을 해주었지만 한 번도 미소 짓는 모습을 본 적이 없고 계산에 필요한 말 외에는 한마디도 하지 않았다. 물론 편의점 직원이 무조건 상냥해야 한다는 의미는 아니다. 어쩌면 그 또한 과도한 근무로 지친 상황이었을 수도 있다. 다만 그 당시에는 수십 번을 만났음에도 눈도 한 번 마주친 적이 없고 항상 무표정이라 차갑다는 인상을 받았다. 나를 싫어하는 게 아닐까 싶을 정도였다.

하루는 그 편의점에 가서 컵라면을 샀다. 직원은 역시나 무표정하게 계산해주었다. 밖에 있는 파라솔

테이블에 앉아서 라면을 먹은 다음 다시 편의점에 들어가서 먹을 것을 좀 더 사서 계산대로 갔다. 그런데 그 직원이 바코드를 찍으면서 이런 말을 하는 게 아닌가.

"밖에서 드시면 안 추우세요?"

너무 놀랐다. 여전히 무표정이었지만 1년 만에 처음으로 계산과 상관없는 말을 한 것이다.

"따뜻한 음식이니까 괜찮아요."

이렇게 답했더니 심지어 직원이 한마디를 더 건넸다.

"혹시 저 때문에 일부러 나가서 드시는 건 아니시죠?"

사실 직원이 청소를 하고 있었기 때문에 불편할까 봐 일부러 나간 이유도 있다고 사실대로 말했다. 그러자 직원이 "안 그러셔도 되는데, 다음부터는 꼭 안에서 드세요"라고 하는데 나는 더욱 놀랐다. 미소를 띠는 게 아닌가! 1년 만에 그가 웃는 것을 처음 봤다. 그전과는 180도 다른 사람처럼 보였다.

편의점을 나와서 한참을 생각했다. 내가 그동안 그 직원에 대해 단단히 오해하고 있었다는 생각이 들었다. 그는 일부러 무뚝뚝하게 대했던 것도 아니고, 너무 일이 고되어 지친 상황이었거나, 그저 내향적인 사람이었을 것이다. 자신이 차갑게 보인다는 사실조차 몰랐을 것이다.

누군가가 내게 차갑게 굴더라도 단순히 그 사람이 나를 싫어해서 그런 것이거나, 내게 관심이 없어서 그런 것이 아닐 수 있음을 깨달았다. 당시 상황이나 그의 성향을 복합적으로 따져봐야 하는 것이다. 특히 성향의 경우, 나처럼 내향적이지 않은 사람들은 미처 그 사실을 모르고 오해할 수 있다.

내향적이라면 '아이스 브레이킹'을 연습하라.
얼음을 깨뜨리듯 차가운 분위기를 깨뜨리는 것이다.
약간의 노력으로도 사람의 인상은 크게 바뀌고
말 한마디, 한 번의 미소가 관계를 급진전시킨다.

아무리 내향적인 사람도 사회생활을 하면서 후천적으로 관계를 맺는 태도가 달라지기 마련이다. 젊은 사람보다 나이 든 사람들이 타인에게 말을 더 잘 건다고 느끼지 않는가? 길을 물어봐도 어린 학생들은 쭈뼛거리거나 경계하는 경우가 많은데 나이 많은 어르신들은 더 편하고 친절하게 안내해준다. 살아가면서 조금씩 태도가 바뀌기 때문이 아닌가 싶다.

아이스 브레이킹을 연습하면 사람을 만날 기회가 훨씬 많아진다. 눈 딱 감고 먼저 말 거는 연습을 한번 해보자. 다만 너무 오버해서 말을 걸면 오히려 매력이 반감될 수도 있으니까 그 점은 주의해야 한다. 그저 조금 더 마음을 열고 사람들을 대하면 연애뿐만이 아니라 인생에서 많은 도움이 될 것이다.

살면서 내가 얻게 되는 행운 혹은 불이익은 많은 경우, 타인을 대하는 행동과 태도에서 갈린다는 걸 느꼈다. 자, 이제 당신이 행동과 태도가 빚어내는 변화를 경험할 차례다.

이제 잘못된 사랑은
그만둘 때가 됐다

▶

지금 당신의 선택은 자유다.
하지만 지금 선택으로 인해
당신의 앞날은 자유롭지 못할 수 있다.

　　연인에게 잠수 이별을 당했다며 울면서 상담을
청해온 사람이 있었다. 그 모습이 안타까웠지만, 내 의견
을 내는 데는 단 1초도 고민할 필요가 없었다. 이건 답이
정해진 문제니까.
　　이쯤에서 관계가 마무리 지어진다면 더 이상의
고민과 고통은 없을 것이다. 문제는, 이런 사람은 다시 비
슷한 사람을 만날 확률이 높다는 사실이다. 이 경우 빨리
찾아야 할 건 또 다른 연인이 아니다. '사람 보는 눈'이 시
급하다.

사람 보는 눈이 없다는 건 그저 나쁜 사람을 만난다는 뜻이 아니다. 자신도 아니라는 걸 알면서 그 관계를 끊지 못하는 것 또한 사람 보는 눈이 없는 것이다. 정확히는 다른 사람이 아닌, '나 자신을 보는 눈'이 없는 상태이다.

아니라는 걸 알면서도 어떻게 할 수 없다는 사람.
자각하지 못하고 있겠지만
당신은 지금 생각보다 더 위험한 상황이다.
자신을 스스로 컨트롤하지 못한다는 거니까.

사랑을 시작하기 전이나, 사랑을 하고 있지만 뭔가 잘 풀리지 않을 때 가장 먼저 생각해두어야 할 것이 있다.

• 나는 사람 보는 눈이 있는가?
• 나는 나 자신의 감정을 컨트롤할 수 있는가?

나쁜 사람을 만나서 나도 모르는 사이에 처음 경험한 거라면 어디 가서 하소연이라도 할 수 있다. '그 사람이 이런 사람이란 걸 진작 알았더라면 끊어낼 수 있었을 텐데…' 하고 합리화할 수 있다. 그런데 스스로 알면서도 끊어내지 못한다? 같은 상처를 매번 반복해 받는다? 그건 자기 자신조차 통제하지 못한다는 뜻이다.

　　　누구나 처음에는 잘해준다. 그러나 얼마 가지 않아 배신당하고 울고불고한 다음 또 그보다 조금 나은 사람이랍시고 만난다. '이 사람은 좋은 사람이야'가 아니라 '이 사람은 전의 그 사람보다는 그래도 나아'라고 생각하면서 만난다. 낮은 기준을 두고 상대적으로 사람을 판단한다. 다른 사람이 보기엔 거기서 거기일 뿐인데도.

　　　절대적인 잣대를 두고 사람을 보는 게 아니라
　　　전에 만난 사람보다 나으니까
　　　괜찮다고 판단한다.
　　　그러니 좋은 사람을 만나기가 힘들다.
　　　잘못된 연애, 망하는 사랑이 반복될 뿐이다.

　　　'내가 좋으면 그만이야!'라고 생각하는 사람, 사랑을 주기만 하면서 연애하는 사람은 겉으로는 밝고 매력적으로 보일 수 있지만, 속으로는 분명 상처받고 있다. 그러면서도 스스로 합리화하고 있는 것이다. 정말 지금 이런 관계에 만족하는가? 이대로도 괜찮다고 생각하는가? 괜찮은 관계의 기준을 더 이상 이제껏 내가 만났던 사람에 두지 마라.

앞으로 좋은 사람을 만나려면 진짜 좋은 사람을 만나는 것도 중요하지만 상대로 인해 자신이 너무 휘둘리지 않도록 스스로 컨트롤하는 능력, 상황을 객관적으로 보는 능력을 기르는 연습이 필요하다. 때때로 자문해보라.

'내가 상대의 무례함을 겪어야 할 사람인가?'
'수시로 연락 두절인 상대를 안고 가야 할 만큼, 그가 가치 있는 사람인가?'

지금 중요한 것은 누구를 만날 것인지의 문제가 아니다. 본격적인 만남을 시작하기 전에, '나를 보는 눈, 다른 사람을 보는 눈'을 길러야 한다. 내가 용인할 수 있는 지점과 나의 가치 등 나 자신을 정확하게 알고, 상대에 대한 기준을 제대로 세워야 한다. 상대에게 매번 휘둘리고 매달리는 습관을 지금이라도 바로잡지 못한다면 누구를 만나도 희망이 없다.

이제 다시 새로운 시작점에 선 당신.
지금 당신의 선택은 자유다.

기억해야 할 것은,
지금의 선택이
당신 인생의 많은 것을
결정지을 거라는 점이다.

사랑을 시작하기 전이나, 사랑을 하고 있지만
뭔가 잘 풀리지 않을 때
가장 먼저 자신에게 질문을 던져보아야 한다.

나는 사람 보는 눈이 있는가?
나는 나 자신의 감정을 컨트롤할 수 있는가?

호감 가는 사람들이
공통적으로 가진 특징

한숨만 푹푹 쉬고 있는 사람과 밝게 웃고 있는 사람 중 누구에게 다가가겠는가?
등장하면 주변이 환해지고 분위기가 좋아지는 사람이 있다.
그런 사람은 노력하지 않아도 주변에 사람이 모인다.

"우리는 누구나 남이 나를 좋아하기를 바란다. 남이 나를 좋아하도록 하는 비결은 상대방의 기분을 유쾌하게 해주는 점에 있다."

로렌스 굴드의 말이다. 나도 이 말에 동의한다. 그럼 대체 호감 가는 사람이란 어떤 사람일까? 호감 가는 사람들이 공통적으로 가진 특징이 있다.

• 주고받는 것에 익숙하다

예를 들어보자. 당신이 누군가와 약속을 잡아서

만났다가 헤어질 때가 되었다. 당신은 차를 가지고 왔고 상대방은 대중교통을 타고 왔다고 하자. 그럼 이 상황에서 당신은 상대방한테 뭐라고 말할까?

친구라면 "태워줄게", 친구가 아닌 사이라도 "태워드릴게요"라고 말할 것이다. 그러면 이 말을 들은 상대방은 뭐라고 대답할까? (단, 여기서 같은 차를 타고 가는 게 불편한 사이가 아니라는 걸 전제로 하자.) 정확한 통계를 낼 수는 없겠지만 내 경험상 10명 중에 7, 8명은 "괜찮다"라고 말하고 예의상 거절했다. 나머지 2, 3명은 "감사하다"라며 바로 승낙했다. "태워주시면 저야 고마운데 번거롭지 않으시겠어요?"라고 밝은 목소리로 말하는 사람도 있었다.

이 경우에 더 매력적인 쪽은 후자다. 예의상 하는 거절이 나쁜 건 아니지만 상대방을 시험에 들게 한다.

'내가 한 번 더 권해봐야 하나? 아니면 됐다고 하니까 안 태워줘도 되는 건가?'

이렇게 고민해야 하는 불편함이 상대방의 마음에 남을 수밖에 없다.

애초에 상대방이 나에게 호의를 베푸는 것 자체가 '나는 당신을 이만큼이나 신경 쓰고 있다'라는 뜻이다. 그런 뜻으로 나에게 한 제안이라면 예의상 거절하기보다는 그냥 받는 편이 권한 사람 입장에서는 상대방을 훨씬 더 편하게 느낄 것이다. '이 사람은 누군가에게 받는 게 아주 자연스럽다, 편해 보인다, 그래서 주는 사랑을 받을 줄 아는 사람이구나'라고 무의식중에 상대방은 느끼게 된다.

염치없이 넙죽넙죽 받으라는 뜻이 아니다. 대부분의 사람이 한두 번의 거절은 예의라고 생각한다는 것도 알고 있다. 다만 상대의 호의를 흔쾌히 받아들이기보다는 거절이 몸에 밴 사람으로 비친다면, 베푸는 사람 입장에서는 의아해진다. '매번 왜 이렇게 거절만 하지? 내가 마음에 안 드나', '혹시 내 호의를 동정이라고 생각하나?' 아니면 '받는 게 익숙하지 못한 다른 이유가 있나?'

여기서 더 나아가면 당신이 고집을 부린다는 생각까지 할 수도 있다. 나는 이것을 깨달은 후부터는 누군가가 호의로 제안을 해오면 싫은 사람이 아닌 이상은 거리낌 없이 받으려고 한다.

• 자기 주관이 뚜렷하다

역시 예를 들어보겠다. 소개팅에 나가서 처음 만난 사람과 식사 메뉴를 정해야 하는 상황이다. 그래서 상대방한테 "어떤 음식 좋아하세요?" 혹은 "드시고 싶은 음식 있으세요?"라고 물었다. 이때 "저는 가리는 거 없이 다 잘 먹어요"라고 대답하는 사람이 있다. 이 말은 상대방에게 알아서 결정하라는 것으로 들리기 때문에 상대방을 고민에 빠지게 한다.

따라서 더 좋은 방법은 상대방을 배려하는 동시에 내 생각도 전달하는 것이다. "혹시 스파게티 괜찮으세요?"라고 의문문으로 대답하면 상대방은 혹여 스파게티를 싫어하더라도 괜찮다고 말할 것이다. 명확한 선택지가 제시됐기 때문에 한결 편안하게 느낄 것임은 당연하다. 다만 뚜렷한 주관을 가지고 있는 것과 상대방에게 내 취향을 강요하는 건 엄연히 다른 문제이므로 이 둘을 구별할 필요가 있다.

• 상대방이 스스로 특별하다고 느끼게 만든다

같이 있으면 내가 돋보이고 특별하게 느껴지는 사람이 있는 반면 같이 있으면 왠지 모르게 위축되는 기분이 드는 사람도 있다. 당연히 전자와 오랜 시간을 함께하고 싶어진다. 상대방이 특별하다는 느낌을 받도록 만들려면 어떻게 해야 할까? 상대방을 치켜세워주고 칭찬해줘야 한다. 비굴하게 굴라는 뜻이 아니다. 누구에게나 장점은 있으니 그 장점을 찾아서 칭찬해주라는 뜻이다.

• 낙관적이다

누가 봐도 힘들어 보이는 사람들은 자신이 힘든 이유를 찾으려고 한다. 어떻게 해서든 그 이유를 찾아서 '나는 이것 때문에 힘든 거야'라는 합리화를 달고 산다. 반면에 호감 가는 사람들은 삶이 원래 힘든 거라는 사실을 받아들이고, 어려움을 극복해나가는 과정이 인생이라고 생각한다.

내 유튜브 채널의 댓글들만 봐도 인생을 비관적으로 바라보는 사람들이 생각보다 정말 많다는 걸 느낀다. 예를 들어 '20대에는 사람을 많이 만나라'라는 취지의 영상을 올렸더니 "사람을 만나는 것 자체가 지치는 시대라 인간관계는 맺을수록 스트레스 받아요"라는 댓글이 달렸다. 이 사람의 생각이니 나쁜 건 아니다. 그 댓글에 '좋아요'가 많이 달려 있었기에 여러 사람이 공감한다는 것도 알 수 있었다. 안타까운 것은 그게 낙관적인 공감이 아니라 비관적인 공감이라는 점이다.

당신은 낙관에 공감하는가? 비관에 공감하는가?

만약 비관적인 공감만을 하고 있다면
생각의 방향을 긍정적인 쪽으로 살짝 틀어보자.
그래야 매력적인 사람이 되고
그래야 좋은 일도 생긴다.

매력적인 사람은 결국 밝고 낙관적인 사람이다.
너무 단순하게 들릴지 모르겠지만 한번 생각해보라. 한숨
만 푹푹 쉬고 있는 사람과 밝게 웃고 있는 사람 중 누구에
게 다가가겠는가? 무슨 일 앞에서도 '나는 할 수 없다'라
는 사람과 '나니까 할 수 있다'라는 사람이 있다면, 누구를
더 가까이하고 싶겠는가?

등장하면 주변이 환해지고 분위기가 좋아지는
사람이 있다. 그런 사람은 노력하지 않아도 주변에 사람
이 모인다. 비관적인 사람이 될지 낙관적인 사람이 될지,
그리고 매력적인 사람이 될지, 그렇고 그런 사람 중에 하
나로 남을지는 스스로 선택하는 것이다.

절대 실패하지 않는
관계의 법칙

때로 과도한 예의 차리기는
오히려 두 사람의 거리를 멀어지게 한다.
내가 상대방을 '적절하게' 배려하는 만큼
돌아오는 관계가 건강하다는 것을 기억하라.

서로 호감은 있는 것 같은데 상대가 너무 바쁘다. 자신감이 없거나 자존감이 부족한 사람은 이런 경우 상대의 눈치를 보는 경우가 많다. 예를 들면 언제 만날까 문자를 주고받으면서 이렇게 말하는 것이다.

"바쁠 텐데 저랑 만나는 거 괜찮으세요?"

속으로는 너무 만나고 싶으면서도 이렇게 배려하는 척을 한다. 그럼 상대방이 어떻게 생각할까? 그 사람은 나를 만나려고 생각하고 있다가도 다시 생각하게 될 것이다. 그가 나에게 관심이 없다면 '이 사람은 자존감이

낮구나'라고 생각할 것이고, 나한테 호감이 있다면 '이 사람은 나와 만나는 게 싫은가'라고 오해할 수 있다.

긍정에는 긍정이 오고, 부정에는 부정이 온다.
부정적인 질문은 상대방에게 생각할 기회도 주지 않는 셈이 된다.
긍정적인 결과를 바란다면 긍정적인 사인을 보내라.

어쭙잖은 배려 대신 "주말에 시간 괜찮으세요?"라고 단도직입적으로 묻거나 "우리 주말에 볼까요?"라고 말하자. 그러면 바통은 상대방에게로 넘어간 것이다. 시간이 안 되면 그가 알아서 거절할 것이고, 더 이상 내가 할 일은 없다.

"일하느라 바쁘실 텐데 시간 나실 때 연락하셔도 됩니다"는 배려지만 "바쁘신데 이렇게 계속 연락하고 지내는 거 괜찮으시겠어요?"라고 하는 건 만나지 말자는 말로 들린다. 긍정적인 화법으로 이야기하는 걸 잊지 마라. 설사 나한테 별로 관심이 없던 사람도 내가 계속 긍정적인 방향으로 이끌면 생각이 바뀔 수 있다.

배려가 나쁘다는 게 아니다. 시작하는 단계, 썸

을 타는 단계에서 상대방에 대한 과도한 배려는 주의해야 한다는 말이다. 애초에 내가 왜 배려를 하려고 하는지 생각해보라. 혹시 내가 그 사람을 배려해야 하는 위치에 있다고 여기기 때문에 배려하는 것은 아닌가. 무의식중에 그 사람은 내가 이렇게까지 배려를 해야만 만날 수 있는 사이라고 생각하는 것은 아닌가. 그렇게 그 사람의 나에 대한 생각은 살피지 않고, 그가 나를 만나주고 있으니까 '최대한 내가 배려해야' 이 관계를 지속할 수 있다고 계속 믿고 행동하는 것이다.

서로 배려하는 상호작용이 이루어지고 있는가?
일방적으로 나만 상대방을 배려하고 있지 않은가?
그렇다면 더 이상 배려를 건넬 때가 아니다.
이런 태도를 버리지 못하면 상대와의 거리는
영영 좁혀지지 않을 것이다.

긍정적인 화법으로 당당한 배려를 하자. 그리고 내가 상대방에게 적절하게 배려하는 만큼 돌아오는 관계가 건강하다는 것을 명심하자.

첫인상, 외모보다
신경 써야 하는 것

정말 소중하게 아끼는 물건이 있으면
남 주기 아깝지 않은가.
자기 자신을 그렇게 소중히 여겨야 한다.

"저는 제가 좋은 사람이고 충분히 매력적이라
고 생각하는데 다가오는 사람들은 그렇게 생각을 안 하는
지 좀 가볍게 접근해요."

생각보다 많은 사람이 이런 고민을 품고 있다.
이 문제의 원인은 간단하다. 스스로 생각하는 자신의 모
습과 타인이 보는 모습이 완전히 다른 것이다. 본인은 스
스로 좋은 사람이고, 매력적인 사람이라고 평가하지만 안
타깝게도 타인의 눈에는 '연애 상대로 삼기 쉬운 사람',

'가볍게 만나고 가볍게 헤어져도 괜찮은 사람'으로 비치기 때문이다.

이런 차이는 왜 생겨나는 것일까? 자신의 행동을 돌이켜보면 거기에 답이 있다. 이런 사람은 대개 마치 누군가에게 쫓기듯 급하게 연인을 찾고 쉼 없이 연애를 계속하는 경우가 많다. 그렇기에 타인의 눈에는 언제 접근해도 연애가 가능한 사람으로 보인다.

사랑이 많은 것, 연애에 대해 오픈마인드인 것 다 좋다. 다만 이런 자신의 연애 스타일을 계속 유지하려면 자신을 보는 타인의 시선과 판단을 너무 신경 쓰지 않는 게 좋다. 타인의 판단은 쉽게 바뀌지 않고, 그들이 나를 어떻게 생각하는가는 내가 어떻게 할 수 있는 문제가 아니기 때문이다. 그러므로 다른 사람의 생각 때문에 고민하기보다는 자기 자신에게 집중했으면 한다. 일이나 공부를 열심히 하고 다른 즐거운 일도 많이 찾아보라. 연애를 하느라 미처 놓쳐버린 것들을 돌이켜보라는 말이다.

다만 한 가지 당신에게 물어보고 싶은 게 있다.

당신이 좋은 사람이라면

왜 그렇게 조급해하는가?

왜 상대방의 생각에 연연해하는가?

"그럼 좋은 사람을 만나기 위해 연애를 쉬는 게 좋을까요?"

연애를 쉬느냐 안 쉬느냐가 중요한 게 아니다. 그냥 연애를 안 하면서 외롭다고 징징대고 다니면 변하는 건 없다. 그럼 이 사람 저 사람 만나보면서 내 짝을 찾는 편이 좋을까? 마찬가지로 그냥 생각 없이 사귀는 게 아니라 이 사람 저 사람을 만나면서 깨닫는 게 있어야 한다. 여러 사람을 만나며 같은 과정을 반복해봤자 '나한테 문제가 있는 걸까' 하는 자기 파괴적인 질문으로 다시 돌아올 뿐이다.

중요한 건 자신의 가치를 키우는 것이다.

자기 자신의 가치를 스스로 높이고

자신을 소중하게 여기는 것이다.

누군가를 만나 관계를 시작할 때는 이 점을 생각해보자. '이 사람과 연애를 시작한다면 내가 아깝지 않

을까?'

만약 오랫동안 연애를 안 한 사람이라면 이렇게 질문해보자. '이때까지 아껴왔던 인연의 시작을 이 사람과 함께해도 될까?'

이 사람과 연애하기에는 나라는 사람이 너무 아까울 것 같다면 섣불리 시작하지 말아야 한다. 정말 소중하게 아끼는 물건이 있으면 남 주기 아깝지 않은가. 자기 자신을 그렇게 소중히 여겨야 한다. 물론 당장 결혼하고 싶은 상대가 있다면 좀 더 적극적으로 나설 필요가 있지만 그렇지 않다면 우선 자신에게 집중하자. 누군가와 연애를 하기에 내가 너무 아깝다 싶을 정도로 자신의 가치를 높일 필요가 있다.

더 좋아하는 쪽은
절대 눈치채지 못하는 사실

남자는 초반에 감정이 확실하게 정해진다.
오래 알고 지내면서 마음의 문을 서서히 여는 남자는
그렇게 흔하지 않다.

여자들이 남자에게 호감을 느꼈을 때 할 수 있는 착각이 있다. 이제껏 만나왔던, 혹은 알고 지냈던 남자들은 대부분 나한테 관심이 있으면 잘해주기 바빴는데 오히려 반대인 남자를 만나는 경우, 그 남자가 제대로 된 사람이라고 생각하고 더 빠져버리는 것이다.

기본적으로 상대방이 내게 하는 배려, 세심한 행동 하나하나가 나를 그만큼 신경 쓰고 있다는 방증이다. 그런데 이 남자는 오히려 나한테 하는 행동들이 하나같이 차갑다. 계속 연락도 하고 가끔 만나서 밥도 먹고 커

피도 마신다. 관심이 아예 없었으면 만나지도 않을 텐데 자주는 아니지만 만나고 연락도 하면서 차갑다. 그러면 '흔히 얘기하는 나쁜 남자가 이런 남자인가' 하고 생각하면서 빠져버린다.

그러나 남자는 초반에 대부분의 감정이 확실하게 정리가 된다. 여자처럼 오래 알고 지내면서 마음의 문을 서서히 여는 남자는 그렇게 흔하지 않다. 그러므로 알고 지낸 지 꽤 됐는데 나에게 하는 행동들이 한결같이 차갑다면 높은 확률로 그 남자는 당신한테 관심이 없는 것이다. 관심 없는 차가움까진 아니고 무심한 정도의 차가움이라도 그렇다.

게다가 이제까지 만난 남자들은 스킨십을 하고 싶어서라도 잘해줬는데 이 남자는 그런 것도 없다. 그러니까 더 진국이라고 착각한다. 하지만 스킨십이 없는 건 당연한 거다. 그 사람은 당신에게 관심이 없으니까. 스킨십이 일절 없고 그걸 하려는 시도조차 보이지 않고 낌새조차 안 느껴진다. 그러면 그 사람을 제대로 된 사람이라고 느낄 게 아니라 '이 사람은 나한테 관심이 없구나'라고 생각하는 게 훨씬 더 정확하다. 그런 생각을 하고 그를 보면 다시 보일 것이다.

좋아하면 잘해주는 게 정상이다.

차가운 남자는 진짜 좋은 남자가 아니라

그냥 당신한테 관심이 없는 거다.

그러면 그 남자는 당신을 왜 만날까? 그 남자는 딱히 그 점에 대해 생각 자체를 안 한다. 관심이 있어서 만나는 것도 아니고 관심이 없어서 안 만나는 것도 아니고 의식의 흐름대로 그냥 일상생활을 하는 그런 남자일 뿐이다. 그냥 심심해서 연락했을 수도 있다.

답답하면 있는 그대로 돌직구를 한번 날려보라. "관심도 없으면서 나 왜 만나는 거야?", "나 안 좋아하면서 그동안 왜 연락한 거야?" 그럼 그 남자의 대답이 황당할 것이다. 이때까지 자신의 행동이 여자를 착각하게 할 만한 행동이었다는 걸 까맣게 모르고 있는 경우가 대부분일 테니까.

뜻밖에 이런 남자를 만나면 자신이 여태까지 만나왔던 다른 남자들과는 색다른 느낌이라며 반하는 여자들이 많다. '앞으로 계속 만남을 유지하고 연락하다 보면 나를 좋아하게 되고 관계가 발전될 수 있지 않을까?' 이렇게 착각하는 사람도 많다.

그래 봤자 당신만 힘들어진다.
이제라도 확실하게 선을 그어야 한다.
당신만 바보 되는 일을 겪지 않으려면 말이다.

혹여 그 사람이 자신의 감정을 잘 모르는 상태이거나, 자기감정을 아는 데 시간이 걸리는 남자라도 당신한테 차갑게 굴 리는 없다. 그 남자가 당신을 대할 때 조심하는 게 느껴졌어야 한다. 그런 느낌이 전혀 없이 그저 의식의 흐름대로, 별생각 없이 행동하는 것 같다면 하루빨리 마음을 접는 편이 낫다. 이 순간에도 내 이야기는 아닐 것이라고 여긴다면, 합리화는 여기까지만 하자.

매력적인 사람은 결국 밝고 낙관적인 사람이다.
한번 생각해보라.

한숨만 푹푹 쉬고 있는 사람과
밝게 웃고 있는 사람.
둘 중 누구에게 다가가겠는가?

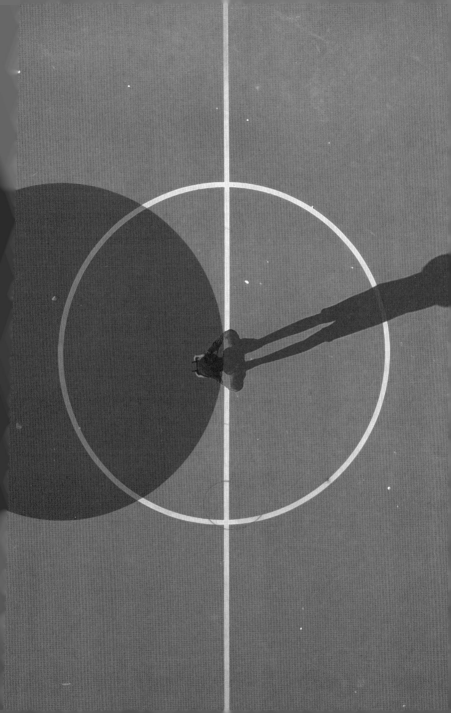

상대를 설레게 만드는
결정적 행동

상대는 무의식중에 다 느끼고 있다.
어떤 사람과 만날 때는 불편했는데
이 사람과 만나면 편안하다고 느끼게 될 때,
그게 당신의 매력으로 여겨진다.

좋아하는 사람이 있는데 부담스럽지 않게, 호감을 얻으며 다가가고 싶다면? 이 내용에 주목하라. 어떤 사람이든 센스 있는 사람을 좋아한다. 이건 성별을 떠나 누구나 그렇다. 이성에게, 특히 여성에게 무조건 호감을 살 수 있는 센스 있는 행동 세 가지를 소개한다.

• 작지만 세심한 배려를 할 것

식당에 갔을 때, 앞치마가 있는지 먼저 물어보는 남자를 본 적 있는가? 거의 없을 것이다. 흰색 와이셔

츠나 비싼 상의를 입지 않은 이상은 평소에 앞치마가 있는지 여부를 신경 쓰는 사람은 드물다. 기억을 더듬어보면 앞치마가 필요한 상황에서 먼저 앞치마를 달라고 요청하는 쪽은 대부분 여성일 것이다.

주문과 동시에 직원에게 앞치마가 있느냐고 물어보고 그걸 받아서 자신이 하는 게 아니라 상대 여성에게 주는 사람. 여성으로서는 세심한 사람이라는 인상을 받을 수밖에 없다.

한 가지 추가 팁을 이야기하자면, 상대방이 '당신은 앞치마 안 하느냐'고 물어볼 경우 "저는 원래 안 해요"라고 말하는 쪽을 권한다. 만약 두 개를 받아서 자신도 하고 상대방에게도 주면 배려를 느끼기보다는 마치 자신이 필요해서 달라고 한 것처럼 느껴질 수 있다. 미세한 차이이지만 상대방에게만 앞치마를 건넬 때 더 좋은 인상을 줄 수 있다.

• 데이트할 때 상대의 신발을 체크할 것

상대가 구두를 신었는지, 운동화를 신었는지, 하이힐을 신었는지 체크한 적이 있는가. 상대가 평소에 어느 정도의 보폭으로 걷는지도 한번 관찰해보라. 그렇다고 유심히 뚫어져라 보라는 뜻은 아니다. 대충 이 사람의 걸음걸이가 빠른 편인지 느린 편인지 알아두는 게 좋다.

신체 구조상 많은 경우, 여자보다 남자의 다리가 더 길기 때문에 오래 걷다 보면 속도의 차이가 난다. 눈치 없는 남자는 그걸 캐치 못 하고 여성은 속도를 맞추기가 점점 더 힘들어진다. 이런 상황을 막기 위해 상대의 신발 상태를 체크하고 그 사람의 보폭을 감안해 속도를 맞추어주자. 여유를 가지고 대화를 나누면서 천천히 걷는 게 좋다.

여기에 덧붙여, 여성이 차도 쪽에서 걷게 됐을 때 차도 쪽으로 가서 여성을 보호하는 직접적인 액션보다는 눈치를 챌 수 있도록 제스처를 취해주는 게 훨씬 더 매너 있게 느껴진다.

• 화장실 가는 타이밍을 놓치지 말 것

식당에서 식사가 마무리될 즈음, 남자가 화장실에 가면 여성은 그사이 무엇을 하는지 본 적 있는가? 대부분 자신의 얼굴을 확인한다. 화장이 흐트러지지 않았는지 이에 끼인 건 없는지. 남자들 중에서는 밥을 다 먹었을 때 이런 것을 확인하는 경우가 별로 없다.

남자가 자리를 뜨지 않으면 여자는 화장을 고치러 화장실에 가야 한다. 그러니 타이밍을 봐서 자리를 비우고, 적당한 시간이 흐른 뒤 돌아오면 그동안 여성이 거울을 보거나 화장실에 다녀올 수 있다. 화장실에 다녀오겠다는 말을 하기 민망해하는 여성도 있기 때문에 그런 말을 먼저 할 필요가 없도록 해주는 것이다.

거울 앞에 선 김에 본인 외모도 점검하라.
오고 가는 길에 계산까지 하면 더 좋다.
당신은 센스 있는 남자로 각인될 것이다.

물론 이 세 가지를 해도 그 즉시 상대가 눈에 띄게 감동하지 않을 가능성이 크다. 하지만 여성들은 무의식중에 다 느끼고 있다. 어떤 사람과 만날 때는 불편했는데 이 사람과 만나면 편안하다고 느끼게 될 때, 그게 당신의 매력으로 여겨진다. 적어도 당신과 함께하는 시간이 불편하지 않다는 건 연인 관계뿐 아니라 모든 인간관계에서 엄청난 플러스 요인이다. 서로 알아가는 초기 단계에 이런 센스를 보여주면 그 이후도 순조롭게 풀릴 가능성이 크다.

운명의 상대를 만났을 때
나타나는 징조

그냥 사랑하는 사람한테는
내가 가진 것을 전해주는 데서 그친다면,
운명의 상대를 만났을 때는
내가 정말 괜찮은 사람이 되고 싶다.

운명의 상대를 만나기를 꿈꾸는가? 운명의 상대는 어떤 사람일까?

결혼하게 될 운명의 상대를 만나면 이전 연애 상대에게서는 전혀 느낄 수 없었던 새로운 감정이 반드시 느껴진다. 이 말을 달리 해석하면 지금 만나고 있는 사람한테서 이전 연애 상대와 다른 감정이 느껴지지 않는다면 그 사람 또한 나의 운명은 아니라는 뜻이다.

여기서 말하는 '다른 감정'이란 게 대체 뭔지 궁금할 것이다. 이전에 만났던 사람보다 지금 이 사람이 더 좋다? 이건 다른 감정이 아니라 마땅히 느껴야 할 감정일 뿐이다. 새롭게 시작한 관계이니 당연히 더 좋게 느껴진다. 그렇다면 첫눈에 반하거나 완전 내 이상형이라는 느낌이 들어야 할까? 아니다. '진짜 이 사람은 뭔가 다르구나' 싶은 마음이 느껴져야 한다.

내가 상대방을 좋아하고 사랑하면
그만큼 그 사람한테 잘해주고 싶다.
그런데 운명의 상대를 만나면 그 반대가 된다.
그 사람이 아니라 오히려 나 자신에게로 관심이
기운다.

그 운명의 상대가 바라보는 내가 괜찮은 사람이었으면 좋겠다. 그냥 사랑하는 사람한테는 내가 가진 것, 전해주고 싶은 것들을 주는 데서 그친다면, 운명의 상대를 만났을 때는 내가 정말 괜찮은 사람이 되고 싶다.
만약 그 사람을 사랑하지 않는 건 아닌데 상대방을 이성적인 눈으로 바라봤을 때 고민되는 점들이 하나둘씩 보이기 시작한다면, 앞서 말한 색다른 마음이 이 사람한테는 느껴지지 않는다면, 그 사람은 운명의 상대가 아니다. '운명이 우리를 갈라놓았다'라는 말은 바로 이럴 때 쓰는 것이다.

> 사랑이라는 감정 하나 때문에
> 문제 있는 사람을 곁에 두고 있는가?
> 그렇다면 운명의 상대를 만날 가능성은
> 점점 낮아질 뿐이다.
> 운명의 상대를 만나고 싶으면 결단을 내려라.

나는 나비 효과를 믿는다. 작은 생각이 가지는 힘은 아주 크다고 생각한다. 나비의 작은 날갯짓이 태풍을 일으키듯 당신의 그 작은 생각으로 인해 앞날은 이미 방향을 바꾸었거나 바뀌고 있거나 앞으로 바뀔 예정이다.

'운명 따윈 없으니까 막 살아도 상관없지 않나?'라고 생각하는 사람도 있을 것이다. 그렇다고 진짜 막 살 수 있는 사람은 얼마나 될까? 나는 드물다고 생각한다. 그 사람들도 알고 있다, 그렇게 살면 어떻게 되는지를. 누구나 지금 현재를 어떻게 살아가고, 얼마나 성과를 쌓아가느냐에 따라서 향후 만나게 될 상대가 바뀐다는 사실을 어느 정도 공감할 것이다.

연애 상대는 헤어지면 그만이지만 일평생을 함께할 배우자는 한번 결정하면 쉽게 바꿀 수 없다. 맞지 않는 사람이랑 불행하게 사는 게 얼마나 고통스럽겠는가. 그만큼 운명의 상대를 만나는 게 중요하다. 인연이 끝나면 또 다른 인연이 오지만 운명의 상대가 자주 나타나는 것은 아니다. 나에게 몇 번이나 찾아올지 모르는 운명의 상대를 놓치지 않으려면 순간순간 최선을 다해야 한다. 자신의 삶을 충실히 사는 한편으로 늘 감정의 안테나를 세워두어야 한다는 말이다.

당신을 사랑하는 사람이
연인뿐만은 아니다

비록 내가 더 상대방을 사랑하더라도,
많은 사람에게서 사랑받아본 사람은
사랑하고 사랑받는 일을 자연스럽게 여긴다.
내가 사랑하는 사람 외에도
나를 사랑해주는 사람이 무수히 많다는 걸
느끼면서 살아가기 때문이다.

사람과 사람이 만나서 사랑을 키워갈 때 가장 힘든 게 뭔지 아는가? 두 사람 중 한 사람은 반드시 상대가 자신을 생각하는 마음의 크기가 다르다는 사실을 받아들여야 할 때다. 누군가와 연애를 하면서 가장 힘들었던 기억을 떠올려보라. 분명 내가 그 사람을 더 사랑했을 때였을 것이다.

대부분의 사람은 여기서 고통을 느낀다. 집착, 결핍, 서운함 등 이름은 다를지라도 모두 똑같이 괴롭다. 그 사람이 나를 생각하는 마음은 결코 내 마음의 크기에 미치지 못한다는 사실을 그 누구보다 나 자신이 제일 잘 알고 있기 때문이다.

내가 더 좋아하는 연애를 하고 있다고 생각하는 사람들은 상황을 1차원적으로만 생각한다. 내가 상대를 사랑하는 것과 상대방이 나를 사랑해주는 것, 이 둘만이 사랑이라고 생각하는 것이다. 내 가족이 나를 생각하는 마음, 내 주변 친구들이 나를 챙겨주는 행동, 직장 동료들이 나에게 주는 관심, 이런 것들은 사랑이라고 생각하지 못한다.

사랑을 남녀 사이의 문제로 국한하지 말라.
모든 인간관계로 넓혀라.
나라는 존재 자체는
어디서든 사랑받을 수 있다.
이 사실을 깨닫지 못한 사람들은
내가 좋아하는 사람이 나에게 주는 사랑에만
집착한다.

비록 내가 상내방을 더 사랑하더라도, 많은 사

람에게서 사랑받아본 사람은 이것을 자연스럽게 여긴다. 내가 사랑하는 사람 외에도 나를 사랑해주는 사람이 무수히 많다는 걸 느끼면서 살아가기 때문이다. 그래서 자존 감 높은 사람은 훨씬 더 편하고 안정적으로 연애할 수 있다. 연애뿐만이 아니라 인생을 살아가는 전반에서도 그렇다. 내가 좋아하는 것보다 그 사람이 나를 덜 좋아한다는 걸 느끼더라도 그 사실을 당연하게 받아들일 수 있어야 한다.

그렇다면 어떤 사람이 사랑받는 사람인가? 어쩌면 당신은 바쁘게 일상을 보내다 보니까 정작 내가 사랑받는 방법이 뭔지도 모른 채로 그냥 살고 있는 건 아닌가.

당신만이 가진 특별함이 무엇인가?
어떻게 살아갈 것인지 생각할 수 있는 여유를
스스로 만들어라.
그러면 당신도 제대로 마음을 주고받을 수 있다.

사랑을 주고받는 법을 스스로 안다는 건, 인생에서 일종의 무기가 된다. 살아가는 동안에 무수히 많은 곳에서 긍정적인 영향을 받을 수 있기 때문이다. 취업 과정에서 면접 때 어필하는 인상, 일상생활에서 타인이 나에게 베푸는 친절, 언제 어디서 나에게 닥칠지 모르는 많은 기회가 사랑을 주고받는 법을 아는 사람에게 돌아갈 확률이 크다.

chapter 2

상대방의
진심을 읽는 법

예리하게
상황을 파악하는
촉의 법칙

명심할 것,
설렘은 독이다

▶

설레는 감정이 오랫동안
내 안에 머물도록 만들지 마라.
설레기만 하는 사랑은 오히려 독이 된다.

서로 좋아하는 마음을 확인하고 설렘을 즐기고
행복하게 데이트하고. 이 즐거움이 언제까지 갈 것 같은
가. 설레는 감정은 금방 식지만 삶은 계속된다.

현실적으로 제대로 된 연애를 하고 싶으면 그
설레는 감정에 너무 빠지거나 의존하면 안 된다. 설렘이
사라지더라도 관계를 이어갈 수 있게 하는 건 전부 그 외
의 요소이다. 그 감정이 사라져도 이 사람과 연을 지속할
수 있는지 빨리 판단해야 한다.

누군가를 만나 설레는 감정이 너무 오래간다면
오히려 그 연애는 일찌감치 끝내는 게 좋다.
아니면 연애의 방향을 전환해야 한다.

설레는 감정은 오래갈수록 독이 된다.
그 감정에 휘둘려
현실을 등한시하게 되기 때문이다.

설레는 감정이 오랫동안 내 안에 머물도록 만들지 마라. 설렘은 스스로 절제할 수 있다. 냉정하게 현실을 보면서 그 사람과의 만남이 나에게 좋은 영향만 끼칠 수 있도록 컨트롤할 줄 알아야 한다. 연인과 함께하는 시간 동안 자신이 더욱 긍정적으로 변해갈 수 있는 연애를 했으면 한다. 잔인하게 들릴 수 있겠지만, 최절정으로 행복한 순간 바로 그때 내가 상대로 인해 포기하고 있는 것은 없는지 돌이켜봐야 한다. 내가 지금 가진 것을 잃는 게 두려워서 더 큰 것을 잃어가고 있는 건 아닌지 생각해보라.

20대에 이 사실을 조금이라도 인지하면 30대가 편해질 수 있다. 지금 연애를 하고 있는 사람이든 앞으로 연애를 계획하고 있는 사람이든 이 점을 꼭 기억해줬으면 한다. 누군가를 만나면서 내게 이로운 일들이 안 생길 것 같다면 반드시 다시 생각해야 한다. 내가 그 사람을 좋아하고 그 사람도 나를 좋아한다. 설레고 좋은 감정이다. 하지만 이것만으로 이루어지는 게 연애는 아니다. 그렇게 연애해봤자 결말은 새드엔딩이다.

내가 이룬 게 아무것도 없는데
그 사람한테 정말 잘해주고 헌신하기만 한다고 해서
그가 따라오지는 않는다.
그냥 마지못해 끌려온다는 게
더 정확한 표현이다.

오래 사랑할 수 있는 사람을 만났다는 건 '내가 함께하는 동안 더욱 발전하고 긍정적으로 변해간다'는 것을 통해 알 수 있다. 반대로 생각하면, 내가 만나는 사람이 제대로 된 사람이 아니라는 증거는 함께하는 시간 동안 내가 점점 현실에 안주하고, 좋지 않은 모습으로 변해가고 있다는 것이다. 그 사람을 만나기 전과 지금 자신의 모습을 돌아봤을 때 달라진 게 없거나 심지어 더 안 좋아졌다면 긴 시간 동안 연애를 하면서 본인이 해야 하는 많은 일을 놓쳤다는 뜻이다. 인생에서 아주 중요한 한 시기를 상대방한테 맞춰준 것 외에 제대로 한 것 없이 보낸다고 상상해보라. 결코 그런 인생을 살고 싶지 않을 것이다.

지금 당신의 모습은 당신이 그 사람을 만나고부터 지금까지의 결과물이다. 지난 연애 기간 동안 당신은 얼마나 많이 성장했는가? 만약 그 사람을 만나기 전이나 지금이나 별로 긍정적인 변화가 없다면, 혹은 전혀 발전하지 않았다면 그 사람을 놓아줘야 한다. 반대의 경우라면 당연히 미래는 밝다. 오랫동안 서로의 발전을 지켜보면서 사랑을 쌓아나가도 좋은 관계인 것이다.

맨날 나만
연락하는 관계라면

▶

연락 성향이 다른 두 사람이 만나면
서로의 마음을 이해하기란 쉽지 않다.
그래서 작은 갈등이 생겨나고
그게 이별의 원인까지 되기도 하는 것이다.

많은 사람이 연락 문제로 고민한다. 이것 때문에 싸우고 헤어지는 커플도 많다. 연락하는 성향이 안 맞으면 연애가 괴롭다.

어떤 사람은 쉴 새 없이 연락해야 직성이 풀린다. 잠시라도 상대방이 연락이 안 되면 안절부절못하고 집착하기까지 한다. 심지어 상대방이 일하고 있어서 연락을 못 하는데도 말이다. 상대방이 부담스러워할 걸 아니까 애써 관심 없는 척하기도 한다. 그러면서 속은 타들어 간다.

반대로 수시로 연락하는 걸 부담스러워하는 사람도 있다. 상대방을 안 좋아해서가 아니라 그런 성향의 사람인 것이다. 더군다나 일하느라 바쁘거나 수험생이라면 시시때때로 연락해야 한다는 게 큰 부담이 되기도 한다. 이렇게 연락 성향이 다른 두 사람이 만날 경우, 서로의 마음을 이해하기란 쉽지 않다. 그래서 작은 갈등이 생겨나고 그게 이별의 원인까지 되기도 하는 것이다.

그러니까 처음부터 확실히 해둘 필요가 있다.
관계 초반부터 상대가 어떤 성향인지 확인하라.
그리고 본인의 성향도 솔직하게 밝혀라.
서로가 다르다면 감수를 할지,
아니면 그만둘 것인지 스스로 판단하라.

상대방이 너무 좋아서 나와 성향이 다르다는 걸 알면서도 쭉 만남을 지속하는 사람이 있다. 한시라도 연락을 안 하면 못 견디면서 아닌 척하며 연락이 오지 않는 시간을 참는다. 하지만 그래 봤자 시간이 지날수록 본인만 더 힘들어질 뿐이다. '너한테 다 맞춰줄게'가 기본이 돼버리면 상대방은 그걸 당연시할 것이고 결국 당신 혼자

지치게 될 것이다. 참다 참다 폭발이라도 하면 상대방은 당황스러울 뿐이다.

내 성향을 숨기지 말라는 것이지 하고 싶은 대로 다 하라는 건 아니다. 학생이면 몰라도 직장인이라면 하루종일 연락하는 건 대부분의 사람에게 부담이다.

연애만 하면서 살 수는 없지 않은가.
일에 집중하고 자기 생활이 있어야 연애도 잘 한다.
상대방에게 숨 쉴 시간을 줘라.

내가 너무 힘들지 않을 정도로만 연락하고 절제하려는 노력을 해야 한다. 뭐든 적당히 하는 게 가장 좋은데 '적당히'가 제일 어려운 것도 사실이다.

더군다나 연애 초반에는 상대방에게 많은 걸 바라게 되고 자신도 확신을 심어주고 싶다는 욕심이 생긴다. 그래서 자신이 아닌 사람을 연기하기도 한다. 하지만 이렇게 서로에게 기대치를 높여놓으면 계속 기대치를 맞추기가 힘들다. 어느새 본연의 모습이 나오기 시작하고, 서로에게 실망하게 된다.

처음부터 모든 걸 완벽하게 하려고 하지 마라.

사귀기 시작했더라도 처음에는 시간이 필요하다는 것을 받아들이고 천천히 마음의 문을 여는 걸 추천한다. 그러면 서로의 다른 성향도 서서히 받아들일 수 있을 것이다.

짠한 사람을
연인으로 삼지 마라

측은지심을 느낀다는 건 위험한 신호다.
측은지심은 이성적 판단을
흔들어놓기 때문이다.

썸을 타는 단계나 서로 알아가는 단계에서 상대방을 보면서 어딘가 안쓰럽고 짠한 감정이 느껴진다면 조심해야 한다. 그건 좋아하고 설레고 사랑스러운 감정이 아니라 '측은지심'이다.

내가 자신을 좋아한다는 사실을 상대방이 알고 있고 그 사람도 나를 좋아한다. 어느 한쪽이 고백만 한다면 연애가 시작될 것이다. 그런데 이 연애를 시작하면 안된다는 예감이 들 때가 있다. 예를 들면 복잡한 개인 문제가 마음에 걸릴 수도 있고, 상대가 이전에 만났던 사람과 확실하게 정리하지 않은 상태라는 걸 뒤늦게 알게 될 수도 있다. 혹은 상대방이 말할 수 없는 잘못을 저질렀다는 사실을 뒤늦게 알게 된 상황일 수도 있다.

이성적으로 판단하면 관계를 시작해서는 안 되는 이유가 확실하다. 그런데 그 사람한테 빠져버리면 마음이 관대해지면서 한편으로 측은지심이 생긴다. '이 사람에게 이런 문제가 있으니까 안 만나야지'가 아니라 '이 사람이 나에게 말하기 힘든 이야기까지 털어놓았으니 나를 정말 좋아하는 것 아닐까'라고 착각한다. 하지만 결국엔 꺼림칙했던 점 때문에 일이 터진다. 그때 가서 문제를 제기하면 상대방 입장에서는 '다 알고 만났으면서 이제 와서 왜 그러냐'라는 소리가 나올 수밖에. 헤어짐만이 불행인 것이 아니다. 이런 관계는 만나면서도 불행의 연속이다.

상대에게 조금이라도 마음에 걸리는 점이 있는가?
어쩌면 그것이 시그널일 수 있다.
고생길이 훤할 관계에서 탈출할 기회를 주는
마지막 시그널.

물론 나한테 솔직했다는 이유 하나만으로 이 사람과 함께할 수 있다는 확신이 든다면, 이미 깊은 사랑에 빠져버렸다면 어쩔 수 없다. 애정이란 건, 그만큼 뿌리치기가 힘들기 때문에 시작하기 전에 결단을 내리라는 것이다. 사실 '그 사람이 가진 비밀이 무엇인가'보다 내가 측은지심을 느낀다는 게 위험한 신호다. 측은지심은 이성적 판단을 흔들어놓기 때문이다. 그 사람을 구제하고 싶고 내가 그를 바꿀 수 있다는 오만한 생각을 하게 된다.

　　사랑과 측은지심을 구분하라.
　　당신은 연애를 하고 싶은 것이지,
　　누군가의 인생을 구제하고 싶은 게 아니다.

　　사귀고 나서 진실을 알게 됐다면? 그때는 더 힘들어진다. 이미 고생스러운 관계의 늪에 발을 내디뎠기 때문에 빠져나오기가 훨씬 힘들다. 그러므로 사귀기 전에 진실을 먼저 말해줬거나 알게 되었다면 그나마 다행이다.

　　"말해줘서 고마워. 그러면 우리 이쯤에서 그만하자."

이렇게 말할 수 있는 결단이 필요하다. '내가 쪼 잔하고 냉정한 사람인 걸까' 하는 생각조차 하지 마라. 상대방이 당신에 대해 어떻게 생각하든 거기서 관계를 끝내면 다시는 안 볼 사람이다.

왜 꼭 상대방이
먼저 다가와야 한다고
생각하는가

나이가 들수록 누군가에게 다가가기가 두려워지는가?
100% 확실한 관계만 시작하고 싶은가?
어장관리를 두려워할 때가 아니다.
그런 생각으로 누군가를 대하면 어떤 관계든
한 발짝도 앞으로 못 나간다.

누군가와 서로 호감을 주고받았지만, 어느 한쪽도 고백하지 않는 시간이 지속된다. 아마 무척 답답할 것이다. 그러나 둘 다 직장인이고 사내에서 만난 사이라면 어떨까? 이 경우 무척 조심스러워질 수밖에 없다. 사내에서 마음에 드는 사람이 있고 그 사람도 나에게 호감이 있는 것 같은데 진전이 없다며 고민을 털어놓는 사람이 있었다. 상대방이 왜 더 적극적으로 표현하지 않는지 모르겠다고 말이다.

사내에서 만나는 경우 매일 가까운 거리에서 생

활하게 되기 때문에 더 돈독해지기도 쉽지만 어려움도 있다. 무엇보다 직장인이라면 나이도 어느 정도 있을 것이고 직장은 내 생계가 걸린 문제이기 때문에 사내 연애에 관해서는 누구나 신중해진다.

이 지점에서 한 가지 짚고 넘어가야만 한다.

왜 꼭 상대방이 먼저 다가와야 한다고 생각하는가?
왜 항상 남자가 먼저 고백해야 한다고 생각하는가?
왜 당신한테 마음이 없는 거라고 치부하는가?
당신이 조심스러운 만큼 상대방도 조심스럽다.

이해가 안 가는 것은 아니다. 썸은 타고 있는데 관계에 진전이 없다면 어장관리를 당하고 있는 게 아닌지 불안해질 수도 있다. 특히 나이가 좀 있다면 더욱 확실한 관계만 이어가고 싶은 마음이 있게 마련이다.

어장관리를 당하고 있는 건 아닌지 불안하다면 알아보는 방법이 있다. 자신도 확실히 감정 표현을 한 뒤에 상대방이 어떻게 나오는지 지켜보는 것이다. 어장관리를 안 당하려면 오히려 진심을 보여줘야 할 필요도 있는 법이다.

물론 진심을 보여주는 바람에 내가 상처를 받을 수도 있다. 하지만 진심을 안 보여줬기 때문에 어장관리를 당하는 경우도 많다. 그리고 본인이 어장관리를 당하고 있다는 사실을 인지하고 있다면 크게 문제 될 것이 없다. 마음만 먹으면 빠져나올 수 있기 때문이다.

나이가 들수록 누군가한테 다가가기가 두려워지는가?
100% 확실한 관계만 시작하고 싶은가?
그런 생각으로 누군가를 대하면
어떤 관계든 한 발짝도 앞으로 못 나간다.
한 발도 내딛지 않고 확실한 관계만을 시작하겠다는 생각은 뒷걸음질하는 것과 같다.
한 발짝 두 발짝씩 걸어나가면서 이 관계가 확실한 관계인지 알아가야 한다.

우선 본인의 마음을 들여다보라. 아무리 사내연애라고 해도, 앞으로 우리에게 닥칠 상황들이 신경 쓰인다고 해도, 그 모든 걸 감안하고도 그 사람과 사귀어보고 싶다는 마음이 훨씬 더 커지는 순간이 찾아올 수도 있다. 시간이 지날수록 그 사람에 대한 마음이 더 커진다면 사내 연애의 단점을 감안하고 만나보는 것이다. 반대로 그럴 일이 아니라고 판단한다면, 오히려 간단해진다.

왜 굳이 위험을 감수하려는가?

상대방에게 꺼림칙한 점이 있다면 시작조차 하지 마라.

아무 탈 없이 시작해도

행복할지 안 행복할지 모르는 게 연애다.

시작부터 찜찜한 만남이 잘풀리기는 힘들다.

나에게 진심인 사람인지
알아보는 법

고백한 후 충분히 기다려주는 게 느껴진다면
그는 당신에게 진심일 가능성이 크다.
거기에 더해서 여유까지 느껴진다면
연애를 지속하기에도 손색없는 사람일 것이다.

어떤 남자가 나에게 접근해온다면 여자들은 일단 경계하는 경우가 많다. 이 사람이 나를 진심으로 생각하는지, 아니면 그냥 잠깐 즐기려는 건지, 그것도 아니면 썸만 타고 싶은 건지. 이때 남자가 진지한 관계를 염두에 두고 있는 건지 알아보는 법이 있다.

• 선입견을 깨기 위해서 노력한다
인간은 서로 모르는 게 더 많은 시기에는 본능적으로 상대방을 경계할 수밖에 없다. 상대방에게 먼저 호감을 갖게 된 남자는 여자에 대해 경계심이 없을 수도 있겠지만, 아직 마음의 문이 열리지 않은 여자는 남자에게 경계심을 품을 수도 있다. 여자를 진심으로 생각하는 남자는 이 점을 이해하고 있다. 그래서 서로 알아가는 단계에서부터 안심할 수 있도록 혹은 선입견을 갖지 않도록 부단히 노력한다.

예를 들어 둘이 알게 된 경위 자체가 지인한테 소개를 받았다거나, 거리에서 번호를 물어봐서 연락을 하게 됐을 때 남자가 "저 소개받아서 연락하는 거 이번이 처음이에요", "누구한테 번호를 물어본 게 난생처음이에요"라고 한다. 그 말을 믿는 여자도 있을 테고 안 믿는 여자도 있을 테고 그 남자를 유심히 지켜보는 여자도 있을 것이다. 하지만 적어도 이 남자는 자신에 대해 선입견을 품지 않도록 노력하고 있는 것이다.

'이 사람은 내가 어떻게 생각하든지
아무래도 상관없는 건가?'
이런 생각이 조금이라도 든다면
그 남자는 나를 진심으로 생각하는 사람이
아닐 가능성이 크다.

그런 남자는 다시 생각하라.

• 상대에게 마음을 표현한 후 기다린다

여자가 남자한테 먼저 고백해서 사귀게 되는 경우도 있겠지만 대개 남자가 먼저 고백하는 경우가 더 많다. 이때 여자가 생각할 시간이 필요하다고 하면 남자는 그 말이 무슨 뜻인지 모르거나 '내가 마음에 안 드는구나'라고 단정 짓기도 한다.

늘 먼저 고백하는 남자들은 상대방이 고백을 받아주는 이유가 자기를 좋아해서라고 생각한다. 여자는 고백을 받아들였지만 아직 마음의 문을 여는 중일 수도 있는데, 상대방이 고백을 받아줬다고 해서 자신과 똑같은 마음이라고 착각하기도 한다.

그런데 고백한 후 충분히 기다려주는 게 느껴진다면 그는 당신에게 진심일 가능성이 크다. 거기에 더해서 여유까지 느껴진다면 연애를 지속하기에도 손색없는 남자일 것이다. 기다림은 여유에서 나오는데, 여유는 서로 알아가는 단계가 아니라 만남을 지속하는 상황에서도 굉장히 중요하다. 웬만한 다툼의 원인은 여유 부족에서 비롯된다고 해도 과언이 아니기 때문이다.

• 싸울 때 두 번 져준다

관계에 있어서 그 무엇보다도 가장 중요한 점이다. 남자들은 자기가 느끼기에 잘못한 게 없어도 그냥 먼저 미안하다고 사과하는 경우가 종종 있다. '내가 먼저 손을 내밀면 여자친구도 사과하겠지' 싶어서다. 그런데 자기가 먼저 사과한 후 여자친구가 사과는커녕 "다음부턴 그러지 마"라고 한다. 이 지점에서 화가 나서 다시는 안 져주는 사람도 있다. 그런데 나를 진짜 진심으로 생각하는 남자는 이런 경우에도 '민망해서 그러는구나' 하고 넘어간다. 그 사람이 어떤 생각으로 그러는지 잘 아니까 두 번 참는다.

싸울 때 져주는 남자는 많다.
두 번 져주는 남자도 꽤 있다.
하지만 싸울 때마다 연달아
져주는 남자는 흔하지 않다.

보통 한두 번은 참아도 이러한 다툼이 수차례 일어나고 남자도 예민해진 상황이 겹치면 계속 참는 게 여간 힘든 일이 아니다. 그럼에도 불구하고 한결같이 나에게 져주는 남자들은 사랑하는 사람을 이기려 들려 하지 않는 마음이 저변에 깔려 있다는 뜻이다. 싸울 때마다 먼저 사과해주고 손을 내밀어주고 피식 웃음 짓게 해주는 남자라면 진심으로 당신을 사랑하고 있다고 여겨도 된다.

물론 남자가 늘 항상 져주길 바라는 게 느껴지면 아무리 좋은 사람이라고 해도 한계가 있는 법이다. 그러므로 좋은 남자를 만나려면 나부터 먼저 현명해져야 한다는 사실을 간과해서는 안 된다.

외로울 때
가장 조심해야 하는 사람

외로울 때 가장 조심해야 하는 사람이
내가 오랫동안 알고 지냈고,
내가 잘 안다고 생각하는 사람이다.

남녀가 친구가 될 수 있느냐는 오래된 논쟁거리
다. 친구 사이로 지낼 때는 문제가 없다. 그런데 어느 한쪽
이 선을 넘기 시작하면 그때부터 고민이 시작된다. 항상
서로 솔직하게 속내를 털어놓는 10년 된 남사친 혹은 여
사친이 어느 날 이렇게 말한다.

"너처럼 편한 애인이 있었으면 좋겠다. 너는 연
애 안 하냐?"

그러면 상대방은 헷갈린다.

'얘가 나한테 마음이 있나?'

그 사람이 당신에게 마음이 있느냐 없느냐는 중요하지 않다. 사실, 이런 사람은 제일 가까이하면 안 되는 부류다. 이렇게 말하면 의아해하는 사람도 있다. '아니 이 친구랑 10년 넘게 알고 지냈고, 나쁜 사람이 아니라는 건 내가 제일 잘 아는데?'라고 반문한다. 하지만 그렇기 때문에 그 사람을 근시안적으로 바라볼 수밖에 없는 것이다. 때로 그 사람과 전혀 관련 없는 제3자가 보는 눈이 오히려 더 객관적이기에 문제를 알아챌 수 있는데, 정작 나는 그의 너무 많은 걸 알고 있어서 가장 중요한 핵심을 놓치게 되는 것이다.

남사친, 여사친이 정말 당신에게
마음이 있는 것일 수 있다.
그런데 그 마음이 왜 10년이 지나서
이제야 생겼을까?
그런 마음이 생길 거였으면
진작 생겼어야 맞지 않을까?
서로에게 다른 상대가 있어서
타이밍이 맞지 않았더라도
10년이라는 시간은 너무 길지 않은가?

오래된 친구이기 때문에, 이성이기 이전에 인간적으로 좋은 사람이라고 생각하기에 사귀어도 괜찮지 않을까 하는 생각을 할 수도 있다. 하지만 연애를 했다가 헤어진 사람들도 연애를 시작할 때는 그 사람이 괜찮은 사람이라고 생각해서 만난 것이다. 그렇지만 헤어질 때는 세상 나쁜 사람으로 바뀌는 일이 흔하디흔하지 않은가.

두 가지 가능성을 생각해보자. 첫 번째, 그 사람이 당신을 정말 남사친, 여사친으로 생각하는데 그런 말을 했다. 그럼 그 사람은 미친 거다. 왜냐하면 진짜 남사친, 여사친에게는 아무리 외로워도 슬퍼도 그런 이야기를 하지 못하기 때문이다. 정말 순수한 이성사람 친구가 있는 사람이라면 그렇게 낯 뜨거운 이야기는 하기 힘들다.

두 번째, 그 친구가 말은 안 했지만 오래전부터 당신을 이성으로 보고 있었다. 그렇다고 해도 외로울 때 가장 조심해야 하는 사람이 내가 오랫동안 알고 지냈고, 내가 잘 안다고 생각하는 사람이다. 진지하게 이 관계를 보고 있다기에는 너무 가벼운 말이다. '너는 연애 안 하냐'라고 떠본다는 건 상대를 그냥 이 정도로만 보고 있는 것이다.

만약 진지했다면 "내가 너한테 이런 말 해서는 안 되는데, 오랜 시간 동안 고민해본 결과 말을 안 하고는 도저히 안 될 것 같아서 이야기해"라면서 자세하고 진솔하게 본인의 마음을 고백했을 것이다. 그런데 그게 아니라 '되면 좋고 아니면 말고'라는 식의 말을 던졌다는 건 당신에 대한 마음이 그만큼 얕다는 것으로 볼 수밖에 없다.

그 사람이 지금 필요한 것은 '당신'이 아니라
'누구라도' 옆에 있어줄 사람이다.

그저 사람이 필요한데,
어렵게 찾지 않아도 되고,
오래 알았고 편하니까 가볍게 찔러보는 것이다.

그 사람이 진정으로 당신을 좋아하고 정말 당신이 옆에 있길 바란다면 '왜 네가 내 옆에 있기를 바라는지' 그 이유를 진솔하게 설명하기 마련이다.

그냥 표현 방식의 문제 아니냐고 말할지 모르겠다. 혹은 관계를 시작해서 상대의 마음을 더 깊게 만들 수 있지 않을까 하는 기대로 연애를 시작할 수도 있다. 아마 그런 사람이 많을 것이다.

물론 자신을 객관적으로 바라봤을 때 그게 가능할 것 같으면 연애를 해도 괜찮다. 하지만 관계가 더 힘들어질 가능성이 커 보인다면, 흔들리는 것을 넘어 뿌리째 뽑혀 나갈 것 같다면 멈춰야 한다. 일단 시작하면 그것에는 책임이 따를 것이다.

나와 결혼까지
생각하는 사람일까

상대방과 대화를 가장 많이 할 수 있는 시기는
관계 초반이다.
그때야말로 서로에 대해 다양한 이야기를
다 들을 수 있을 때다.

관계를 지속하다가 결혼 이야기가 나왔는데 그제야 현실적인 문제에 부딪히는 경우가 있다. 현실적인 벽에 부딪힐 게 뻔하다는 걸 느낄 때는 사실 당황스러울 수 있다. 결혼을 고려할 만큼 깊게 마음을 나누고, 애정을 준 이후이기 때문이다. 나는 매번 문제를 느꼈을 때 빨리 관계를 끊어내야 한다고 강조한다. 하지만 이것이 실행하기에 쉽지 않은 일인 것 또한 잘 알고 있다. 내 감정이 그만큼 커지지 않았을 때에야 가능한 일이기 때문이다.

다만 가장 큰 문제는 현실적인 부분을 생각하

기 싫어서 감정적인 부분들만 더 크게 자리 잡은 뒤에 '뭔가 아닌 것 같다'라는 느낌을 받은 경우다. 이런 연애를 해온 사람은 시간이 쌓일수록 오래 쌓아온 감정 때문에 더 못 헤어진다.

그렇다면 어떻게 이런 상황을 방지할 수 있을까? 답은 '초반의 대화'에 있다. 서로 대화를 가장 많이 나눌 수 있는 시기는 썸을 탈 때와 연애 초반이다. 그때는 서로에 대해 있는 얘기 없는 얘기를 다 들을 수 있을 때다. 관계 초반에 '나와 결혼까지 생각하는 사람인지', '어느 정도까지 나와의 미래를 꿈꾸는 사람인지' 파악한다면, 이후에 당황스러운 현실을 마주해야 할 가능성은 대부분 사라진다. 어느 정도 만남을 지속하다가 진지한 관계로 발전될 것 같다면 그 사람에 대해 많이 물어보고 들어봐야 한다. 현실적인 문제에 대해 대놓고 물어보기 어렵다면 그 사람이 지금까지 어떻게 살아왔는지에 대해 집중해서 들어야 한다. 이때 상대방의 태도를 주목할 필요가 있다.

상대방이 현실적인 문제에 대해
이야기하기를 꺼린다면

높은 확률로 그 사람은

결혼할 준비가 되지 않은 것이다.

그게 아니면 당신과 결혼할 생각이 없는 것이다.

결혼 자체에 대해서 부정적이거나 걱정이 많은 스타일이 아닌 이상, 결혼해도 문제가 없을 정도로 준비되어 있고 내가 지금까지 살아온 것에 대해 만족한다면 스스로 이야기를 꺼내지는 않을지언정 그런 주제에 대한 이야기가 나왔을 때도 입 꾹 다물고 있는 경우는 드물다.

나와 생각이 전혀 다른 사람과 만날 이유는 없다. 어차피 이런 사람과는 오래가기도 힘들다. 만약 당신이 결혼을 생각하고 있다면 하루빨리 새로운 사람을 찾아나서는 게 당신과 상대방 모두를 위해서 좋은 일이지 않을까.

지금 당신의 모습은

당신이 그 사람을 만나고부터 지금까지의 결과물이다.

지난 연애 기간 동안 당신은 얼마나 많이 성장했는가?

시간을 갖자는 말의
진짜 의미

대부분 어떻게 해야 할지 갈피를 못 잡고 방황한다.
왜 우리 사이가 이렇게 됐고,
이 관계를 회복하려면 어떻게 해야 하는지
생각하느라 정신이 없다.

"우리, 시간을 좀 가지자."

연인에게서 이런 말을 들어본 적이 있는가? 상
대방은 시간을 가지자고 하면서 다양한 이유를 댈 것이
다. 일이 바빠서 너를 만날 여유가 없다거나, 너한테 실망
한 것도 있고 확신이 서지 않는다거나. 확실하게 놓아버
린 것도 아니고 그렇다고 제대로 만나는 것도 아닌 애매
한 상황. 이럴 때는 어떻게 해야 할까?

많은 경우, 마음이 심란해지면서 해결책을 찾느
라 분주해질 것이다. 왜 우리 사이가 이렇게 됐고, 이 관계

를 회복하려면 어떻게 해야 하는지 생각하느라 정신이 없다. 지금까지 만나오면서 서로 시간을 가져본 적이 없거나, 본인이 먼저 상대방한테 시간을 갖자고 해본 적이 없는 사람이라면 당연하다. 상대방이 이런 얘기를 하는 이유가 뭔지, 어떻게 반응해야 하는지, 어떻게 마무리를 지어야 하는지 전혀 감을 잡지 못한다.

각자 시간을 가지게 되면 어떤 일이 벌어질지, 하루하루 시간이 흐를수록 내 생각이 어떻게 변할지, 내 인내심은 어디까지인지, 이런 것들을 경험해본 적이 없으니 당연히 예측조차 할 수 없는 것이다. 그러니까 상대방한테 시간을 갖자는 말을 들으면 상황을 받아들이지 못한 채 당황스럽기만 하다. 객관적으로 나를 바라볼 수 있는 시간적인 여유 없이 그냥 상대방만 바라보면서 연애하는 사람들이 대부분 그럴 것이다.

시간을 가지자고 하는 건,
처음 관계를 시작할 때만큼
당신의 모든 면을 수용할 수 있는 상태가
아니라는 뜻이다.

만나기 시작할 때는 상대에 대해 아는 게 별로 없기도 하고 좋아하는 감정이 더 크기 때문에 웬만한 일은 별거 아닌 것처럼 느껴진다. 그러니까 사랑을 시작했을 것이다. 그런데 그 시기가 좀 지나고 권태기가 오거나 관계에 위기가 오면 더 이상 상대를 수용할 자신이 없을 수도 있고, 필요성을 못 느낄 수도 있다.

그 이유가 무엇인지 더 좋아하는 사람 입장에서는 모른다. 더 좋아한다고 해서 상대방에게서 마음에 안 드는 부분이 하나도 없겠는가. 그래도 그 사람을 못 보는 것, 연락을 못 하는 것보다는 참는 편이 더 나은 것이다. 그리고 이 모든 일은 거기서부터 잘못된 것이다.

앞으로 연애를 할 때 권태기가 안 올까?
언젠가는 올 수밖에 없다.
그럴 때 현명하게 대처하는 방법을 모르면
앞으로의 연애도 비슷한 방식으로 흘러갈 것이다.

내가 좋아한다는 이유 하나로 모든 걸 참고 그 사람을 받아주는 게 오히려 나한테는 더 힘든 길이 될 수 있다. 나도 시간을 갖자는 말을 할 수 있다. 참을 만큼 참았다는 걸 보여주기 위한 게 아니라 스스로 정리할 시간이 필요할 때, 그 느낌이 뭔지 빨리 깨달아야 한다. 연애가 잘 흘러가다가 갑자기 요동친다 싶을 때 그 사람의 심리를 흔들기 위해 이용하는 게 아니라, 진짜 내가 시간이 필요할 것 같아서 상대방한테 요구하는 그 느낌이 뭔지를 알아야 한다. 그래야 권태기가 와도 현명하게 헤쳐나갈 수가 있다. 그걸 모르면 마냥 상대방의 기준에 따라 그에게만 맞춰 연애할 수밖에 없다.

'시간을 갖자'는 말이 나온다면, 관계를 다시 생각해볼 절호의 기회다. 아무리 상대가 좋더라도 관계 회복에만 급급해하지 말고, 이유가 뭔지 본질을 파악하라. 그 사람과 다시 잘되기 위해서 파악하라는 게 아니라 오로지 본인 스스로 관계의 현 위치를 깨닫고 앞으로 더 나은 연애를 하기 위해서다.

나를 이성으로 보지 않던
사람이 바뀔 수 있을까

남자는 한번 이성으로 안 보면
앞으로도 이성으로
안 볼 가능성이 크다.

"저를 이성으로 보지 않는 사람을 좋아하게 되었어요. 마음이 더 커지기 전에 접는 게 좋을까요?"

상대방이 남자라면 잘될 가능성이 거의 없다. 여자는 상대방이 계속 좋아해주면 '한번 만나나 볼까'라고 생각할 수 있지만, 남자는 한번 이성으로 안 보이면 앞으로도 이성으로 생각하지 않을 가능성이 크다.

남자가 시간이 지나서 갑자기 생각이 바뀌었다면 높은 확률로 나쁜 의도를 가졌을 수도 있다. 진짜 그 여자에 대한 감정이 변해서라기보다는 너무 힘들고 외로운 상태이기 때문이거나 다른 자신의 이익을 위해 그 사람을 이용하는 것이다. 물론 항상 예외는 있지만 얼마 되지도 않는 가능성을 기대하고서 그 남자에게 시간과 노력을 들이진 말라고 말하고 싶다.

변할 마음이면 진작 변했다.
시간이 지나서 혹시 그 사람이 다가오더라도
그 또한 좋지 않다.

기다린 보람을 느낄 수는 있을지 몰라도 행복한 연애를 하기는 힘들 것이다. 마냥 기다리던 때보다 더 힘든 상황을 겪으면서 연애를 지속해야 할 수 있기 때문에 빨리 마음을 정리하는 게 좋다. 누누이 강조하듯 사랑을 받으면서 연애하라. 지속적으로 내가 사랑받고 있다는 느낌을 심어줄 수 있는 사람을 만나라. 그 이유 때문에라도 여기서 접는 게 좋다.

상대방이 해줄 수 있는 건 없다.
본인 감정은 스스로 정리해야 한다.

간혹 여자가 먼저 고백했고 남자는 그 여자에 대한 마음이 별로 없었는데도 잘 만나고 결혼까지 했다는 경우도 있다. 이런 상황은 아주 예외적이기도 할 뿐더러 이게 가능하려면 가장 중요한 요건이 있다. 여자가 자존감이 무척 단단하고 퍼주는 사랑에 의연할 수 있어야 한다.

자신이 좋아하는 것만으로 충분하고 상대방이 덜 좋아해도 정말 아무렇지 않아야 한다. 그러나 보편적으로 그렇기는 쉽지 않다. 내가 좋아하는 마음보다 상대적으로 덜하더라도 신경 쓰지 않을 수 있는가. 그게 아니라면 하루라도 빨리 접어야 한다.

사랑은 언제든
할 수 있는 게 아니다

충분히 연애를 해보고

연인 사이에서 일어날 수 있는 다양한 경험을 해보면
남녀 관계에서 무의미한 실수를 줄일 수 있을 뿐더러
앞으로의 관계에서도 위기를 잘 헤쳐나갈 수 있다.

"나를 좋아하는 사람과 결혼하라"라는 말을 흔히 한다. 내가 좋아하는 사람과 결혼하는 것과 나를 좋아하는 사람과 결혼하는 것, 둘 중 어느 쪽을 택해야 하느냐는 차라리 문젯거리가 아니다. 진짜 문제는 누군가를 진심으로 좋아하는 연애를 해본 적이 없는 경우다. 이런 경우라면 어느 쪽이라도 문제가 된다.

나를 좋아하는 사람과 결혼한다면, '내가 좋아하는 사람과 결혼했더라면 지금보다 행복하지 않을까' 하는 후회나 미련이 남는다. 반대로 내가 좋아하는 사람과 결혼을 한 경우에는, '나만 바라보는 사람이랑 결혼했더라면 어땠을까' 하는 아쉬운 생각이 든다.

> 그렇기에 한 살이라도 어릴 때
> 누군가를 실컷 좋아하고 힘들어도 해보고
> 마음껏 그리워도 해보라.
> 너무나 강렬하던 그 감정도 시간이 지나면
> 무뎌진다는 사실까지도 경험해보라.

지금의 좋은 감정을 오래 유지하려면 어떻게 해야 하는지도 고민해보라. 어릴 때 충분히 사랑을 해보라는 이유는 회복할 체력도, 시간이나, 감정적 여유도 있을 때이기 때문이다. 이런 경험을 충분히 해봐야 결혼한 후에도 후회가 없다.

많은 기혼자가 결혼해서 좋은 점 중에 하나로 누군가를 새로 만나 관계를 맺어나가는 스트레스가 사라지는 것을 꼽는다. 결혼을 하든 안 하든 인생에서 무슨 일이 일어날지는 아무도 모른다. 위기가 닥쳤을 때 어떻게 대처하느냐에 따라 그 관계가 유지될 수도 있고 끝이 날 수도 있다. 충분히 연애를 해보고 연인 사이에서 일어날 수 있는 다양한 경험을 해보면 로맨스에 대한 막연한 기대나 남녀 관계에 대한 미련이 없을 뿐더러 앞으로의 관계에서도 위기를 잘 헤쳐나갈 수 있다.

연애는 언제든 할 수 있다고 생각하는가?
연애의 필요성을 못 느끼는가?
문제는 당신의 생각은
언제든 바뀔 수 있다는 것이다.
그리고 생각이 바뀌고 후회가 몰려오기 시작할 때는
이미 늦었을 가능성이 크다.

나이가 들수록 연애의 기회가 줄어드는 건 어쩔 수 없는 현실이다. 혹은 연애 없이 세월을 보내다가 어떤 계기로 결혼하게 될 수도 있고, 결혼하고 보니 남녀 관계에서 일어날 수 있는 일을 충분히 경험해보지 못한 것이 후회될 수 있다. '드라마에 나오는 설레는 장면들을 나는 못 겪어봤구나' 하고 아쉬움이 남을 수도 있다. '노래 가사에 나오는 가슴 에는 경험을 한 번도 못 해봤구나, 영원히 못 해보겠지' 하고 우울해질 수도 있다. 결혼을 안 하더라도 나이가 들수록 그런 경험을 할 기회가 줄어드는 건 어쩔 수 없는 현실이다.

그러니까 언제든 할 수 있다고 생각하지 말고 지금 해보자. 할 수 있을 때 원 없이 좋아해보고 가슴 아파도 보고 구질구질하게 굴어봐도 좋다. 어린 나이일수록 그건 흠이 아니다. 시간이 지나서 흑역사로 남을 수는 있을지언정 그 흑역사로 인해 성장할 것이고, 현재의 삶에 만족할 수 있게 될 것이다.

사람은
책임지는 만큼
사랑한다

쉽게 이용당하는
사람의 사랑

10대, 20대 때만 할 수 있는 연애가 분명히 있다.
30대 넘어서도 그런 연애를 바란다면
세상 물정 모르는 철없는 사람이 된다.

"고등학교 때부터 8년을 사귀어 20대 중반이
되었어요. 남자친구가 일이 너무 바빠서 연애에 집중을
못 하겠다고 헤어지자고 하네요."

어릴 때부터 오래 사귀어온 사이에도 나이를 먹
고 환경이 바뀌면 그 사랑을 이어가기란 쉽지 않다. 헤어
지면서도 참 많이 힘들어한다. 10대나 20대 초반만 해도
현실은 생각하지 않고 순수하게 사랑할 수 있었는데, 갑자
기 현실의 벽에 부딪히면 여러 가지로 혼란스럽고 괴롭다.

풋풋한 학생 때의 사랑에 머물러 있는 당신,

동화 같은 연애 감성에서 깨어나야 한다.

순수하기만한 사랑이 늘 좋은 것은 아니다.

사람들은 자기가 겪어본 것들을 토대로 앞으로 살아갈 방향을 정한다. 그런데 미성년자일 때 연애한 경험밖에 없다면 아직 경험이 부족하다고 봐야 한다. 이 상태에 머물러 있으면 위험하다. 다른 사람들도 자신과 비슷하게 순수하게 사랑할 거라고 생각하기 때문이다. 성인이 된 후에도 소년 소녀의 감성으로 연애하려 한다면 좋지 않다. 조건도 어느 정도 봐야 하고 능력도 봐야 한다.

이 사연의 당사자는 여전히 그 남자의 마음을 돌릴 수 있으리라는 희망을 품고 있었다. 고등학생 때부터 만났던 상대방의 순수한 모습을 알기 때문이다. 그러나 사람은 나이가 들면서 얼마든지 변할 수 있고, 그게 꼭 나쁜 것도 아니다.

나이가 들어서도 실리를 따지지 않고 순수하게 사랑하고 싶다고 말하는 사람이 꽤 있다. 그런 사랑을 싫어하는 사람이 어디 있겠는가. 하지만 10대, 20대 때만 할 수 있는 사랑이 분명히 있다. 30대가 넘어서도 그런 관계를 바란다면 세상 물정 모르는 철없는 사람이 된다.

'사랑만 있으면 돼. 돈이야 벌면 되지.'
혹시 이런 생각을 하고 있는가?
현실에서는 사랑보다 더 중요한 것이
많으면 많지 결코 적지 않다.

어릴 때부터 오래 만나온 사람들 중에는 당연히 이 사람과 결혼할 것이라고 굳게 믿고 현실에 안주하거나 아무런 노력도 하지 않는 사람이 있다. 이런 사람은 너무 위험한 도박을 하는 것인데 본인만 모른다. 결혼을 하면 좋겠지만 사람 일은 모르는 것이다. 오래 만난 사람과 헤어지면 그다음엔 어떻게 할 것인가? 자기 자신을 위해 아무 노력도 하지 않았으니 새로운 사람을 만나기도 힘들고 도태될지도 모른다. 그 뒤엔 내게 남는 게 아무것도 없다. 추억이 남지 않느냐고? 추억으로 얼마나 먹고살 수 있을 것 같은가.

속물적으로 사람을 만나라는 뜻이 아니다. 마음만 보고 사랑하는 것도 좋지만 자신의 삶도 충실하게 꾸

려나가야 한다는 말이다. 상대방이 변했다면 그대로 받아들이는 수밖에 없다. 그 대신 그 순간부터 내가 상대보다 더 나은 사람이 되면 된다. 경제력이든, 능력이든, 성격이든 무엇 하나라도 더 나은 사람이 되려고 애쓰는 사이에 어느덧 당신은 멋진 어른이 되어 있을 것이다. 그런 사람에겐 당연히 더 좋은 사랑의 기회가 찾아올 수밖에 없다.

선물의 가격은
당신 마음의 크기가 아니다

돈이 없어서 절절매면서도 무리하게 선물하는 게
상대방에겐 더 없어 보인다는 것,
시간이 지나면 지날수록 더 초라해 보인다는 걸 잊지 말자.

"연인의 마음이 식어 헤어졌습니다. 제가 줬던 고가의 선물을 돌려달라고 하니 쪼잔하다고 저를 비난하네요."

사랑할 때는 모든 게 좋다. 내 모든 것을 줄 수 있을 것 같다. 문제는 헤어진 후다. 뒤늦게 계산기를 두드리게 된다. 상대가 이별을 통보해온 경우라면 더하다. 게다가 연인과의 사이에 공통된 지인이 있으면 주변 사람들한테도 내가 쪼잔하다고 소문날까 봐 더 신경 쓰인다.

연애할 때 비싼 선물을 절대 하지 말라고, 나는 목이 아프도록 말해왔다. 물론 돈이 많아서 그 정도는 쿨하게 건넬 수 있다면 상관이 없다. 하지만 자기 분수에도 맞지 않는 비싼 선물을 하는 것만큼 어리석은 일이 없다. 나도 그런 적이 있다. 가진 것도 별로 없으면서 기념일이니까, 생일이니까 이 정도 선물은 해줘야 마땅하다고 생각했다. 내 선물의 가격이 내 마음의 크기라고 생각했고, 마음을 표현하는 수단이 그것밖에 없는 것 같았다.

비싼 선물을 하는 그 당시에는 분위기도 좋고 세상에 둘도 없는 사랑을 한다고 느낄지 모른다. 하지만 절대 그렇지 않다. 비싼 선물을 한다고 해서 그 사람이 나를 더 사랑해주는 것도 아니고 나를 능력 있는 사람이라고 생각하지도 않는다. 그 사람이 당신을 진지하게 생각한다면 선물보다 중요한 게 더 많다는 걸 안다. 헤어지고 나서 시간이 지난 후 '그 사람이 비싼 선물도 해주고 능력이 좋았지. 역시 그만한 사람이 없어'라고 생각할까? 아니다. 오히려 편지 한 통밖에 안 써준 사람을 못 잊는 경우도 있다. 보통 사람들과 다르게 마음을 써준 사람이 더 기억에 남는 법이니까.

아이러니하게 들리겠지만,

내가 정말 사랑하는 사람일수록

그 사람한테 쓰는 돈이 아깝게 느껴져야 한다.

오늘만 사귈 거 아니지 않은가?

점점 초라해지는 모습을 보이고 싶지 않다면

자신에게 더 투자하라. 더욱 더 멋있어져라.

연인한테 쓰는 돈이 하나도 아깝지 않다는 생각은 내가 능력이 되거나 둘 다 경제적으로 안정적일 때 할 수 있는 생각이다. 그런 상태에 다다르기 전까지는 그 사람한테 쓰는 돈조차도 아깝게 생각해야 한다. 그래야 경제적으로 자리 잡을 수 있을 테고 그 사람과도 평생을 함께할 수 있을 것 아닌가. 앞일은 생각하지 않고 당장 간이고 쓸개고 다 빼주는데 어떻게 그 사람과 긴 미래를 꿈꿀 수 있겠는가!

우리가 살면서 소비욕이 가장 크게 치닫는 순간은 역설적으로 내가 가장 돈이 없는 때다. 내가 풍족할 때는 오히려 소비욕이 줄어든다. 연인에게 선물하는 것도 마찬가지다. 내가 가진 게 없을 때는 오히려 그렇게 선물해줘야 그 사람한테 인정받을 거라고 생각했다. 그러면 그 사람이 나를 지금껏 만났던 사람들과 뭔가 다르다고 생각할 줄 알았다. 반대로 비싼 선물을 안 하면 상대가 나를 얕볼 것 같은 자격지심이 들었다. 주눅 들기 싫어서 더 무리했던 것이다.

그러나 생각해보라. 당신에게 능력이 있다면 생일에 꽃 한 송이에 편지 한 통만 줘도 부끄럽지 않다. 상대방이 나를 무시할 수 없을 정도의 능력을 쌓으면 어떤 선물을 주든, 아니 주지 않아도 그 사람 앞에서 당당할 수 있다.

아직 능력이 없다면 그 능력에 맞는 선물을 하라.
그래서 상대방이 나를 깔봤다면?
그 굴욕을 충분히 맛보라.
그리고 그 굴욕을 원동력으로 삼아 능력을 쌓아라.
누구도 다시는 당신을 깔보지 못할 만큼,
당당히 앞으로 나아가라.

지금은 연인에게 빈손으로 대하게 되더라도 능력을 먼저 쌓아야 당신에게도 좋고, 상대방 입장에서는 평생을 함께해도 괜찮은 사람이라는 판단이 들기 때문에

역시 좋다. 그러므로 물질적인 것으로 관계를 이어나가겠
다는 생각은 버려야 한다. 멀리 보라. 돈이 없어서 절절매
면서도 무리하게 선물하는 게 상대방에겐 더 없어 보인다
는 것, 시간이 지나면 지날수록 더 초라해 보인다는 걸 잊
지 말자.

내가 더 좋아하는 연애를 하는 사람들은 대부
분 자신의 욕구를 억누르면서까지 상대방에게 헌신한다.
하지만 먼저 당신이 멋진 사람이 되어야 한다. 당신을 위
해서도, 그 사람의 사랑을 얻기 위해서도.

연인에게
모두 맞춰주고 있다면

근본적인 문제는

당신이 그 사람을 너무 좋아하고,

그 사실을 그도 안다는 것에 있다.

이 지점에서 이미 이 관계는 끝났다는 걸 알아야 한다.

20대라면 경제적으로 불안정한 상황에 있는 경우가 많다. 취준생일 수도 있고 수험생일 수도 있고 그냥 백수일 수도 있다. 대학 시절에 사귀기 시작했는데 남자는 군대를 다녀오느라 취업이 늦어지고 여자가 먼저 취업을 하는 경우도 많다. 어떻든 한쪽이 잘 안 풀리는 상황이고 경제적으로도 기운다면 어려움에 직면하게 된다.

내게 사연을 보내온 한 여성도 비슷한 상황에 있었다. 자신은 인턴을 하면서 돈을 벌고 있지만 남자친구는 일이 없는 상태에서 무기력하게 하루하루를 보낸다고 했다. 하루종일 자다가 밤이 되면 친구들과 술은 마시면서 일주일에 단 한 번 데이트를 하는 건 귀찮아했다. 서운해진 여자는 참다못해 남자를 다그쳤고 남자는 끝내 이별 통보를 해왔다. "내가 지금 연애할 상황이 아니야"라는 말과 함께.

여자는 남자가 돈이 없어도 괜찮고 데이트 비용을 자신이 다 내다시피 해도 괜찮다고 했다. 편의점에서 컵라면을 먹고 캔커피를 마셔도 곁에만 있어줬으면 좋겠는데 그게 그렇게 힘든 거냐고 하소연했다.

남자의 상황도 여자의 상황도 이해할 수 있다. 지금 이렇게 연애하고 있거나 이런 연애를 해본 사람이 적지 않을 것이다. 물론 남자가 자기 멋대로인 점도 있고, 상황이 힘들어서 그런 것도 맞다. 하지만 이런 경우 당신이 뭘 어떻게 한다고 해서 그 남자의 상황이나 마음이 바뀌기는 힘들다. 그러니 이 남자가 뭘 잘못했는지 따지는 건 의미가 없다.

여기서 근본적인 문제는 당신이 그 사람을 너무 좋아하고, 그 사실을 그도 안다는 데 있다. 이 지점에서 이미 이 관계는 끝났다는 걸 알아야 한다.

당신이 지금 헤어지기 싫은 이유는
정말 그 사람이 좋아서인가?
그저 헤어짐을 받아들일 준비가 되어 있지 않은
것 아닌가?

연인을 지지하고 응원하는 마음을 나무라려는
것이 아니다. 그러나 이런 마음을 자신만이 알고 있어야
했다. 평생 그 사람을 묵묵히 지원해줄 게 아니라면 상대
방에게 그 마음을 들키지 말아야 했다. 남자가 자신을 지
지해준 여자친구의 가치를 스스로 깨달을 때까지 묵묵히
있거나, 그렇게까지 하기 싫다면 애초에 이렇게 기울어진
관계를 시작하지 말았어야 했다.

자신의 감정에 좀 더 솔직해질 필요가 있다. 정
말 남자친구가 곁에만 있어준다면 아무것도 바라지 않는
가? 당신이 이렇게 하는 만큼 남자친구가 더 잘해주길 바
라지 않는가? 은연중에 보상심리가 작동했을 것이고, 그
게 힘든 상황에 있는 남자친구에게 더 부담을 주었을 것
이다. 남자는 힘든 처지라 마음의 여유가 없는 데다 여자
친구가 그렇게까지 해주는 게 부담스럽기도 하고, 미안하

기도 해서, 정상적인 관계는 아닌 것 같다고 느꼈을 것이다. 그러니 이 관계에서 벗어나기로 한 것일 테다.

> 남자친구가 나를 사랑하지 않는 것 같은
> 불안 때문에
> 남자친구에게 더 헌신하고 있는가?
> 그런 당신에게 남자친구는 더욱 부담을 느낄 뿐이다.
> 서로를 옥죄는 악순환에서 빠져나오라.

남자친구가 당신만큼 당신을 생각해주지 않는다면, 심지어 이별 통보를 받았다면 결단을 내려야 할 때다. 과감하게 돌아서라. 지금은 보이지 않는 것들이 그에게서 멀어지면 멀어질수록 점차 명확해질 것이다.

어디까지 속 이야기를
해도 될까

▶

서로 상대에 대한 책임감을 느끼지 않는다면
그 관계는 순탄하게 흘러가기 힘들다.
그러므로 결혼 생각이 없다고 말하는 건,
시작도 하기 전부터 내 약점을 보이는 것과 다를 바 없다.

요즘 자신을 비혼주의자라고 말하는 사람이 많다. 결혼할 생각이 없는 건 전혀 문제가 안 된다. 하지만 그런 말을 자주함으로써 벽을 칠 필요가 있을까? 상대가 나와의 결혼을 염두에 두고서 사귀고 있는 상황이 아닌 이상은 좋을 게 없다는 판단이다.

결혼할 생각이 없다는 가치관을 존중받기보다
오히려 이 사람은 결혼 생각이 없으니
내가 깊게 책임지거나 진지하게 만나지 않아도

된다고 치부될 가능성이 크기 때문이다.
상대방이 이것을 느끼는 순간
솔직한 말은 독이 된다.

결혼뿐 아니라 연애에서도 책임감은 아주 중요한 요소다. '사귀자'라는 말에 우리는 왜 의미를 부여하는가? 그 말에는 관계에 대한 책임이 들어 있다. 그런데 상대방이 나에 대한 책임을 얕게 생각하고 있다면 그 관계는 순탄하게 흘러가기 힘들다. 그러므로 결혼 생각이 없다고 말하는 건, 시작도 하기 전부터 내 약점을 보이는 것과 다를 바 없다.

둘 다 결혼할 생각이 없으면
가볍게 사귀어도 되지 않냐고?
한 번뿐인 인생인데 감정이 시키는 대로
즐기겠다고?
정말 그렇다면 고민할 일도 없을 것이다.
하지만 연애 때문에 고민하고 있다면
그 모든 고민이 어디에서 기인했는지 한번 곰곰이
생각해보라.

처음에는 가볍게 만나기 시작했는데, 만나다 보면 점점 나이가 들고, 슬금슬금 결혼 생각이 들 수도 있다. 그제야 고민이라며 상담을 요청해오는 사람이 적지 않다. 하지만 상대방은 여전히 결혼 생각이 없다면? 그동안의 시간은 누가 보상해주겠는가.

지금은 절대 결혼을 안 할 거라고 다짐할 수 있다. 그러나 생각은 바뀔 수 있고, 우리는 앞날을 알 수 없기 때문에, 만에 하나라도 자신한테 불리한 상황을 굳이 만들 필요가 없다. 스스로 함정을 파지 마라.

내가 더 좋아하는 연애를 하는 사람들은
대부분 자신의 욕구를 억누르면서까지
상대방에게 헌신한다.

하지만 먼저
당신이 멋진 사람이 되어야 한다.
당신을 위해서도,
그 사람의 사랑을 얻기 위해서도.

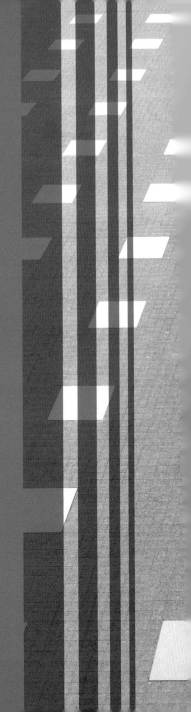

외모만 보다가
많은 걸 놓친다

시간이 지나고 상대의 외모가 변했을 때도
그가 예뻐 보일 수 있는 다른 요소를 찾아라.

여자친구에게 남자 문제가 끊이지 않아서 헤어
졌다는 남자가 있었다. 그런데도 여자를 잊지 못해 괴로
워하고 있었다. 그 남자에게 그 여자가 왜 좋냐고 물었더
니 눈이 예쁘다든가, 자고 있는 모습이 귀엽다든가, 여러
가지를 말했지만 결국 한마디로 '외모'였다.

여자는 남자를 볼 때 '그리고(and)'로 생각하는
경우가 많다. 어떤 남자가 좋으냐고 물어보면, 잘생겼고
목소리도 좋고 성격도 좋고… 이런 식으로 '그리고'로 이
어진다. 반면 남자는 '혹은(or)'으로 생각하는 경향이 훨씬

더 크다. '예쁘면 다른 건 조금 부족해도 괜찮아'라는 식으로 한두 가지 정도만 충족되면 다른 건 간과한다.

까다롭게 보고, 모든 걸 충족하는 사람을 찾으라는 말이 아니다. 완벽한 사람이 어디 있겠는가. 그래도 상대를 볼 때 자기 나름의 기준과 소신은 가질 필요가 있다. 여자는 그런 경향이 적긴 하지만 남자의 외모만 보고 좋아하는 사람도 있긴 하다.

다만 단순히 외적인 면만 보고 좋아한다면
이용당하기에 딱 좋다.
하나에만 꽂히면 다른 건 잘 안 보이는 법이다.

남자친구가 속을 썩이는데도 헤어지지 못하거나 헤어지고도 잊지 못하는 여자들에게 "그 남자의 어디가 그렇게 좋아요?"라고 물어보면 그 남자의 외적인 부분을 얘기하는 여자는 많지 않다. 이 사람은 아플 때 간호해 주었다든가, 내가 힘들었을 때 곁에 있어주었다든가, 자신과 관련된 남자의 행동이나 감성적인 부분에 대해 얘기한다.

여자를 볼 때 외적인 부분이 차지하는 비중이

큰 사람이라면 그 사실을 상대방이 모르게 해야 한다. 그걸 알면 상대방이 주도권을 쥐는 것이다. 생각해보라. 상대방이 내 외모'만'을 좋아하고 다른 건 별로 개의치 않는다면 굳이 잘 행동하거나 상대방에게 잘하려고 노력할 필요가 있겠는가.

얼굴만 보고 연애하지 마라.
그럴 수밖에 없다면 최소한 들키지 마라.
상대방에게 노력하지 않아도 된다고
허락하는 꼴이다.

시간이 지나고 외모가 변했을 때도 그 사람이 예뻐 보일 수 있는 다른 무언가를 찾아라. 싸우는 순간에도 그의 얼굴 때문에 마음이 약해지면 안 된다. 화를 내도 상대의 얼굴 때문에 예뻐 보이면 위험한 것이다. 싸웠다면 그때는 미워 보이는 게 정상이다. 그렇지 않다면 이 관계는 건강하지 않다. 당신은 결국 상처투성이가 될 것이다.

다른 사람에게 자꾸만
눈길이 갈 때

사랑을 하고 있더라도 외로운 순간은 분명 있다.

그러나 이것을 또 다른 사람을 만나 해결하려는 사람,

해결할 수 있다고 착각하는 사람이 있다.

바로 그 점이 문제다.

"사귀는 사람이 있는데 새로 호감 가는 사람이 생겼어요."

이 사람은 이런 점이 좋고, 저 사람은 또 저런 점이 좋다. 어떻게 보면 틀린 얘기는 아니다. 사람은 다 자기만의 매력을 가지고 있으니까. 다른 사람 앞에서 떳떳하게 얘기할 수 없는 감정을 혼자 품게 되는 순간도 있을 수 있다. 근데 그 감정은 혼자 알아서 정리해야 한다.

다른 사람에게 한눈을 팔고 나서 이유랍시고 이렇게 말하는 사람이 있다.

"외로워서 그랬어."

연애를 하고 있더라도 외로운 순간은 분명 있다. 연인을 사랑하는데도 웬지 모르게 외로울 수 있다. 그러나 이것을 또 다른 사람을 만나 해결하려는 사람, 해결할 수 있다고 착각하는 사람이 있다면 문제다.

외로움이라는 감정이 가장 무서운 이유가
뭔지 아는가.
금방 충족되는 감정이라서 정말 무서운 것이다.

예를 들어, 어떤 사람과 하룻밤을 보내면 그 순간엔 아주 쉽게 외로움이 해소된다. 더 정확히 말하면 몸의 외로움은 충족될 수 있다. 그러나 마음의 외로움은 충족이 안 된다.

〈닥터 이방인〉이라는 드라마가 있었다. 약혼한 여자의 마음이 다른 남자한테 가고 있다는 걸 알게 된 남자는 여자를 데리고 백화점에 간다. 마음에 드는 가방이 있으면 고르라고 하더니 이렇게 말한다.

"네가 그 남자를 생각하는 마음이 딱 저 가방 같은 거야."

진짜 그 사람과 함께하고 싶은 게 아니라 순간의 얕은 욕구만 충족되면 사라질 감정이라는 뜻이다. 소비로 어떤 욕구를 풀어본 사람이라면 알 것이다. 그 충족감은 정말 찰나라는 것을.

그게 아니라고, 그 사람에 대한 마음이 오랫동안 지속되고 있다고 반박할지도 모르겠다. 어쩌면 지금 다른 사람을 향한 마음이 진실된 것일 수도 있다. 도저히 안 되겠다 싶을 때에는 지금 만나는 사람을 정리하고 가는 게 나을 수도 있다.

다만 이 점을 잊지 마라.
어떤 사람을 아주 깊이 알기 전에는
그 사람에 대한 나의 감정은 대부분
나의 상상 혹은 기대로 이루어진 것이다.

그 사람과 더 가까운 사이가 되었다고 해보자. 그제야 상상이나 기대와 어긋나는 상대방의 단점들이 눈에 보이기 시작할 것이다. 그처럼 누구도 완벽할 수 없다. 실망스러운 행동이 보여도 계속 사귀고 있는 건 아쉬움을

뛰어넘는 매력을 느꼈기 때문이다. 그런 대상이 지금 사귀고 있는 바로 그 사람이다. 그런 사람을 버리고 새로운 사람에게 가려면 그 다른 사람은 더욱 완벽해야 한다.

그게 아니라면 현재 만나고 있는 사람에게 최선을 다하라. 한순간이지만 다른 사람을 마음에 품었던 사실에 미안한 마음까지 더해서 잘해주어라.

내가 한 선택에는 분명한 대가가 따른다.
연애뿐만이 아니라 모든 면에서
내가 하는 모든 선택에는 언젠가 대가가 따라온다.

신중하게 해도 될 일과 안 될 일을 구분해야 한다.

잠시 쉬어가도
큰일 나지 않는다

다 내려놓으면 그제야 보인다.
내가 왜 이렇게 힘든지,
뭐가 날 괴롭히는지.

굳이 연애 문제가 아니더라도, 누구에게나 무기력하고 힘든 시기가 찾아올 수 있다. 그럴 때는 좀 쉬어가도 괜찮다. 그때가 아니면 나중에는 쉬고 싶어도 도저히 쉴 수 없는 시기가 분명히 오기 때문이다.

아무래도 쉴 수 있는 여유가 없는 사람도 있다. 나도 그런 적이 있었다. 쉬기 전에는 굉장히 막연한 두려움이 있었다. 일주일을 쉬는 걸로 인해 그다음 주와 그다음 달, 아니 앞으로 몇 달이 힘들어질 수도 있겠다는 생각을 했기 때문이다. 그런 힘든 상황을 굳이 자처할 필요가 있을까 두려웠다. 한 번 쉬게 되면 계속 쉬고 싶어질까 봐, 걷잡을 수 없이 마음이 풀어질까 봐 걱정되기도 했다.

하지만 끝내 번아웃이 찾아오고 에너지가 방전되어버리니까 다른 도리가 없었다. 눈 한번 딱 감고 모든 걸 내려놓은 채 일주일 정도를 쉬었다. 그러자 내가 왜 이 지경까지 이르렀는지 그 원인이 선명하게 보이기 시작했다. 힘들어할 시간조차 없이 정신없이 바쁘게 사느라 머릿속이 복잡할 때는 현재 상태를 냉정하게 볼 여유가 없었다.

다 내려놓으면 그제야 보인다.
내가 왜 이렇게 힘든지,
뭐가 날 괴롭히는지.

생각을 정리하면 알게 된다. 이것이 초심으로 가는 길이라는 걸. 초심으로까지 돌아가기 어렵더라도 그때로 돌아갈 수 있도록 최대한 노력이라도 해보기로 했다. 그렇게 쉬면서 깨달은 것은 한 번 쉰다고 큰일 나지 않는다는 사실이다. 그래서 그 이후로는 힘들면 휴식을 미루지 않는다.

오히려 일만 하면서 살면 마음은 편하다. 큰 고

민 없이 관성에 따라 일하고 쳇바퀴처럼 반복되는 삶을 살면 된다. 간절해할 것도 없다. 그러다 간절하지 않은 것에 익숙해진다. 하지만 사람은 간절하게 원하는 게 있을 때 좋은 아이디어가 생기고 더 많은 것이 눈에 들어오는 법이다.

뭐가 두려운가?
잠시 쉰다고 잃을 게 그렇게 많은가?
더 큰 걸 잃어버리고 있는데도?

일을 잃고 사회적 지위를 잃고 돈을 잃을까 봐 두려운 마음이 드는 건 당연하다. 하나같이 사는 데 꼭 필요하고 중요한 것이란 사실을 부정할 수 없다. 하지만 내 인생에서 내가 주체가 되지 못한다면 어차피 아무것도 할 수 없다.

쉬어가라고 해서 아무 생각 없이 마냥 쉬라는 뜻이 아니다. 힘들 때 듣기 좋은 말, 위로만 하는 글들 보면서 의미 없는 자기 위로는 하지 않았으면 좋겠다. 쉬어가는 만큼 더 냉정하게 자기 자신을 돌아볼 수 있는 시간으로 사용했으면 한다.

상대방의 조건이
마음에 걸린다면

▶

결혼이라는 현실을 스스로 그려보아라.
그 현실을 정하고 감당할 사람은
다른 누구도 아닌 바로 나 자신이다.

　

　

결혼을 하려는데 상대방의 집안 조건이 좋지 않아 고민이라는 사람이 있다. 그러면 가족이나 주변 사람들에게 고민 상담을 할 것이다. 다들 조언을 해주고 한마디씩 얹을 것이다. 가족의 경우에는 당신을 정말 생각해서 상황을 객관적으로 파악하고 하는 조언일 가능성이 크다. 가족이 진심으로 당신을 걱정하는지 아닌지는 본인이 가장 잘 알고 있으리라 생각한다.

그러나 가족 외의 사람들이 하는 말들은

가려 들을 필요가 있다.

사람은 기본적으로 이기적이라고 나는 생각한다.

그만큼 남의 불행에 대해 쉽게 이야기하는

경향이 있다.

남이 잘되는 걸 배 아파하는 사람도 많다.

물론 진심으로 걱정되어서 하는 말일 수 있다. 하지만 당신과 헤어져 집에 돌아가서까지도 당신에 대해 깊게 고민할 사람이 과연 몇이나 되겠는가. 그저 그 자리에서 간단히 이야기만 듣고서 즉흥적으로 조언해줄 뿐이다. 다른 사람들은 당신의 감정이나 둘의 관계를 깊이 알수 없다. 단순히 표면적으로 상대의 부모가 어떻고 형편이 어떻고 하는 이야기를 들었기 때문에 '고생길이 훤하다'라고 조언할 수밖에 없다.

물론 그 길은 고생길일 가능성이 크다. 다만, 결혼으로 인한 고생길을 걷지 않는다면 불행을 덜 수는 있지만 오히려 새로운 불행이 찾아올 수도 있다. 그 선택으로 인해서 본인이 사랑하는 사람을 잃게 된다는 것. 그 불행이 괜찮은지 자신에게 물어보라. 남들이 하는 말에 휘

둘리기보다 스스로 생각 정리를 잘해야 한다. 그 사람의
약점을 극복할 만큼 둘 사이의 사랑과 신뢰가 공고한가?

다른 사람의 말들에 흔들린다는 건
그만큼 자신이 할 선택에 확신이 없다는 뜻이다.
스스로 한 선택의 결과를 감당할 수 있는지,
그걸 극복할 정도로 사랑이 굳건한지 진지하게 생
각해보라.

본인이 길을 선택하고 그 길에 책임을 지면 된
다. 고생길이라도 기꺼이 그 사람과 함께하고 싶다고 확
신이 든다면 그 길이 더 나은 선택일 수도 있다. 결혼이라
는 현실이 어떻게 될지 스스로 그려보아라. 단, 그걸 정하
고 감당할 사람은 다른 누구도 아닌 당신 자신임을 잊어
선 안 된다.

이루어라.
그때 진짜 사랑이 시작될 것이다

외모가 아니라 능력이 사람을 가장 빛나게 한다.

연애 경험은 중요하다.

하지만 내 커리어보다 중요하진 않다.

사랑과 미래의 꿈 사이에서 방황하며 고민하는 사람이 있다.

"지금 목표를 향해 달려 나가려면 사랑을 할 여유가 없어요. 그런데 연애 경험이 별로 없어서 사람 보는 눈이 부족해지면 어떡하죠? 그래서 잘못된 선택을 하면 어떡하죠?"

당장 목표가 더 중요하고 연애를 꼭 하고 싶은 것도 아닌데, 많이 만나봐야 사람 보는 눈이 좋아진다는 말을 흔히 하기에 걱정이 된다. 나 역시 어릴 때는 사람을 많이 만나보는 게 좋다고 항상 말한다. 연애 경험은 중요하다. 하지만 미래를 포기하면서까지 연애에 집중하라는 뜻은 전혀 아니다.

조금 극단적이지만 두 가지 예를 비교해보자. 하나는 미래를 위해 열심히 공부하거나 본업에서 노력해서 사회적인 지위를 획득한 사람, 다른 하나는 사회적으로 자리를 잡지 못했지만 연애를 많이 해본 사람.

사회적으로 존경받고 많은 사람이 선망하는 직업을 가진 사람들은 공부를 하느라 연애를 많이 못 해본 경우가 많다. 그렇다고 해서 그 사람들이 꼭 잘못된 상대를 만나느냐 하면 그렇지는 않다. 오히려 잘 맞는 상대와 결혼해서 잘 사는 경우를 많이 본다. 도대체 어떻게 그럴 수 있을까?

스스로 노력해 성취해본 사람은
누구를 만나고 어떻게 살아갈지
잘 알고 있다.
절대 생각 없이 살다가 아무나 만나지 않는다.

젊은 시절 열심히 노력해 무언가를 성취하고 성과를 이룬 이들은 자기애가 강하고 그만큼 다른 사람으로 인해 자신의 삶이 흔들리는 걸 원하지 않는다. 그래서 굳이 자신에게 도움이 안 되는 사람들을 옆에 두려고 하는 성향이 적다. 결혼에 있어서도 현실적이고 이성적인 판단을 한다.

반면 후자의 경우 자기감정에 지나치게 충실하다. 많은 사람을 만나고 꼭 사귀는 게 아니어도 곁에 두었다가 사귈 기회가 생기면 사귀기도 한다. 한마디로 맺고 끊는 게 정확하지 않다. 누가 봐도 아니라고 하는 사람을 만나 감정 싸움을 하면서 결혼까지 하고도 계속 다투면서 사는 사람도 많다. 사랑이 아니라 미운 정이나 연민 같은 게 뒤죽박죽되어 있는 경우도 많다.

이들이 보기에는 전자의 행동이 이해 가지 않고 너무 계산적이라고 생각할지 모른다. 결혼정보회사를 통해 결혼하는 것도 이해하지 못할지 모른다. 하지만 반대로 전자의 사람들은 후자의 사람들을 이해하지 못한다.

내 미래만 좇다가 연애 경험이 없어 잘못된 결혼

을 하지 않을까?

그런 걱정은 하지 마라.

연애도 먼저 내가 있어야 가능하고,

내가 성공해야 잘할 수 있다.

어릴 때는 만나는 사람도 행위도 한정적이다. 그래서 외모로 사람을 판단하는 경우도 많다. 하지만 나이가 들수록 사람들이 나를 판단하는 건 내가 어떤 능력을 갖고 있는가다. 외모가 아니라 능력이 사람을 가장 빛나게 한다. 내 미래를 향해서 달려 나가는 게 결국 남는 것이다. 물론 너무 극단적인 건 좋지 않다. 미래에만 투자하고 사람 만나지 말라는 뜻이 아니다. 둘 다 병행할 수 있으면 그만큼 좋은 게 어디 있겠는가.

chapter 4

어떤 갈등 앞에서도
당당하게

감정의 홍수 속에서도
꺾이지 않는
마음

반드시 이성적으로
생각해야 하는 순간

감정적인 사람 둘이서 편안한 연애를 하기는 힘들다.
평생을 함께하기 위한 관계의 문은 더더욱 열 수 없다.
당신만이라도 이성을 붙잡아라.

20대 초반에는 그저 감정에 충실한 연애를 하기 쉽다. 그러다가 나이를 먹을수록 조금씩 이성적으로 생각하게 되고 현실을 고려하게 된다. 현실과 타협하면서 연애를 할 수도 있고, 그러다가 자신이 너무 세속적으로 변한 것 같아 감정이 이끄는 대로 행동하던 과거를 그리워하게 될 수도 있다. 이런 과정을 거치면서 이성과 감정을 절충할 수 있게 되고, 더욱 만족스러우면서 균형 잡힌 연애를 하게 된다. 이것이 성숙한 사랑의 발전 과정이다.

둘 다 감정에만 충실하다면
이 둘의 연애는 불 보듯 뻔하다.
이런 연애는 서로에게 상처만 남긴 채
끝날 것이다.

나 자신이 이성의 끈을 놓지 않으면 힘들어질
일이 많지 않다. 내가 항상 현실적으로, 이성적으로 생각
하라고 강조하는 이유다. 반대로 감정만 따르면 나도 상
대방도 힘들어진다.

내가 이성적으로 행동할수록 상대방은 힘들어
질 수 있다. 내가 사랑하는 사람이 왜 나로 인해서 힘들어
야 하느냐고? 아니라는 게 뻔히 보이는 연애를 하고 있다
면 둘 중 하나는 정신을 차려서 바로잡아야 할 것이 아닌
가. 언제까지 이미 안 좋은 결말로 치닫고 있는 연애를 지
속할 생각인가? 지금 당장은 상대방이 나로 인해서 힘들
지언정 멀리 보면 오히려 그 편이 낫다. 그 사람도 나로 인
해 깨닫기를 바라는 수밖에.

연애를 하면서 너무 힘든가?
그렇다면 생각해보라.

감정대로 행동하지는 않았는가?

그렇다면 이성적으로 생각하는 연습을 하라.

모든 사람이 처음부터 이성적으로 생각하기는 힘들다. 홍수처럼 밀려드는 감정에 휩쓸리며 여러 번 관계의 실패를 맛보다 보면 자연스럽게 이성적으로 생각하는 길이 보인다. 자기감정이나 고집대로 해볼 거 다 해보고 부딪혀도 보고 실패도 해보는 것이다. '감정적으로만 행동해봤자 답이 안 나오는구나'라고 깨닫게 될 것이다.

물론 단시간에 이성적인 사람으로 변신하는 게 쉽지 않다는 걸 잘 알고 있다. 감정의 리듬이 잘 맞는 사람과 만난다면 처음에는 그저 좋을 것이다. '시간 지나면 현실적인 문제도 생각하게 되겠지' 하면서 당장은 즐겁게 시간을 보낼 것이다. 그러나 결국엔 알게 될 것이다. 감정적인 사람 둘이서 지속적으로 편안한 연애를 하기는 힘들다는 걸. 평생을 함께하는 관계의 문은 더더욱 열 수 없다. 당신만이라도 이성을 붙잡아야 할 때다.

어떻게 싸우느냐가
중요하다

무슨 이유 때문에든 싸웠다.
그러면 한쪽은 잠수를 타고
다른 한쪽은 속이 터진다.
그런데 이런 성향이 하루아침에 바뀔까?

연인과 싸울 때의 성향이 완전히 다른 사람이 많다. 이처럼 싸움의 성향이 상반된 사람이 만나면 문제가 커진다. 우선, 싸울 때 말을 아끼고 속으로 삭이는 타입이 있다. 이런 타입의 경우, 싸우고 나서는 연락을 끊고 혼자 감정을 가라앉히는 시간이 필요하다. 이런 사람에게는 좀 기다려준 뒤에 어느 정도 시간이 지난 후 다시 한번 대화해야 한다.

반면 이렇게 잠수 타는 태도를 답답해하고 견디지 못 하는 사람도 있다. 싸우면 그 자리에서 끝장을 보고 화해까지 해야 직성이 풀리는 타입이다. 이런 사람이 전자와 같은 사람과 다투면 왜 자기 말을 무시하느냐, 왜 연락을 안 받느냐 윽박지르고 닦달한다.

이견이 생겼을 때, 감정을 풀어내는 스타일이
안 맞으면 싸울 때마다 악순환이다.
속단하긴 어렵지만 한두 번 다퉈서
상대와 너무 안 맞는다 싶으면
거기서 끝내는 게 맞는다고 생각한다.
이렇게 다른 성향이 하루아침에 바뀔 리 없다.

연애를 막 시작하는 커플 중에 이런 케이스가 분명히 있을 것이다. 무슨 이유에서든 싸웠다. 그러면 한쪽이 아무런 말도 없이 잠수를 탄다. 다른 한쪽은 속이 터진다. 그런 다음 화해를 하게 되면 잠수 행동을 못 참는 사람이 분명히 이야기할 것이다. 앞으로 또 한 번 이런 일이 발생하게 되면 그때는 바로 연락해서 대화하고 풀자고. 연락 안 되는 거 정말 싫다고.

하지만 누누이 말해왔듯, 사람의 성향은 쉽게 바뀌지 않는다. 다음에 싸우면 또 잠수를 반복하고 한쪽은 또다시 화를 낸다.

"저번에 싸웠을 때 분명 연락은 받겠다고 약속
했잖아."

이게 몇 차례 반복되면 상대방도 폭발한다.

"난 시간이 필요하다고!"

하루아침에 바뀌는 성향이 아니다.

그러니까 한마디로 시간 낭비다.

솔직히, 헤어지는 게 빠르다.

헤어지기 싫다고? 그럼 포기하고 그냥 지내든
지, 아예 싸울 일을 만들지 말아야 한다. 사실 나이가 들수
록 싸우는 게 부질없다는 생각을 하게 된다. 소리 지르고
언성 높인다고 달라지는 게 없다는 걸 경험으로 알게 되
었기 때문일 것이다. 하지만 현실적으로 싸우지 않고 지
내기도 어렵다. 결국엔 성숙하게 갈등을 해결하는 법을
둘이서 함께 찾아가는 게 가장 이상적인 방법일 것이다.
예를 들면, 내가 그런 성향인 것처럼 상대방도 그런 성향
임을 받아들이는 연습이 필요하다.

사과를 받는 것만이
능사가 아니다

_____

자기 실수를 진지하게 돌아보기 전에
연인의 기분을 풀어주기 위해
거의 반사적으로 사과부터 하고 보는 사람이 많다.
그리고 연인의 기분이 풀리면
자신의 잘못은 금세 잊어버린다.

연애하면서 상대방이 잘못을 저지르면 어떻게
하는가? 아마 많은 사람이 그 문제에 대해 잘 이야기해서
상대방을 바꾸고 싶어 할 것이다. 웬만하면 싸우지 않고
대화로 문제를 풀고 싶을 것이다.

"네가 왜 그러는지 모르겠어", "왜 그런 거야?",
"또 그럴 거야?"

그러면 상대방, 특히 남자들은 싸우기 싫고, 얼
어붙은 분위기를 그냥 빨리 풀고 싶어 하는 경향이 강하
다. 그래서 무턱대고 사과부터 한다.

"미안해. 다음부턴 안 그럴게."

상대방이 사과를 하니 넘어갔는데 다음에 똑같은 실수가 반복된다. 왜 이런 일이 발생할까?

문제는 상대방이 자기가 뭘 잘못했는지 인지하는 시간이 턱없이 부족하다는 것이다. 자기 실수를 돌아보기 전에 연인의 기분을 풀어주기 위해 거의 반사적으로 사과부터 하고 본다. 그리고 연인의 기분이 풀리면 자신의 문제는 금방 잊어버린다.

반성하고 성찰할 시간이 없으니
같은 실수를 반복할 확률도 커진다.
매번 사과를 하는데 매번 같은 잘못을 한다.

그럼 어떻게 해야 할까? 상대방이 뭔가를 잘못했다면 말을 아껴보라. 아무렇지 않은 척하라는 게 아니다. 어쩔 수 없이 당신의 표정이나 태도가 변할 것이고, 상대방은 자신이 뭘 잘못했는지는 모르더라도 뭔가 잘못됐다는 걸 알아차릴 것이다. "내가 뭐 잘못했어?"라고 물을 수도 있다. 그래도 얘기해주지 마라. 입을 닫고 냉전을 시작하라는 게 아니라 쉽게 정답을 알려주지 않는 것이다.

요컨대, 화가 났다는 것을 티를 내되 말로 이유를 알려주지 마라. 상대방이 무슨 생각을 하고 있는지 모를 때가 제일 무서운 법이다. 전과 다르게 냉랭한데 왜 그런지 말을 안 해주면 그 시간을 견디기 힘들다. 그래서 상대방이 답을 찾기 위해 진심으로 노력하는 모습이 보일 때, 그때 이유를 알려주면 된다. 물론 상대가 어느 정도 센스 있는 사람이라면 스스로 잘못을 깨달을 것이다. 그러면 금상첨화다. 또한 상대방은 다시 이렇게 괴로운 과정을 겪지 않기 위해 고치려고 더 노력할 것이다.

빨리 사과를 받아낸다고
당신이 이기는 게 아니다.
과정이 생략된 결과는 아무것도 바꾸지 못한다.
상대방에게 자신이 뭘 잘못했는지
그동안의 일을 되짚어볼 시간을 주어라.
스스로 반성하고 개선할 기회를 주어라.

만약 이렇게 했는데도 상대방이 자신의 잘못을 찾으려는 노력도 하지 않고, 같은 잘못을 반복한다면, 그때는 직접적으로 이야기하는 게 낫다. 처음 상대방이 잘못했다면 스스로 생각할 기회를 주고, 같은 잘못을 두 번째로 했다면 이렇게 말한다.

"내가 너한테 아무 말도 안 하는 순간이 오면 그때가 너를 포기하기 시작하게 되는 때야. 서로 맞춰가고 싶고 잘 지내고 싶으니까 이런 얘기도 하는 거야. 누구나 실수는 할 수 있지만 똑같은 실수를 세 번 동안 반복한다면 너도 나와 맞춰갈 의향이 없다고 판단할게."

그리고 실제로 세 번째로 같은 실수를 한다면? 그때는 끝내는 게 좋다.

반드시 놓아야만 하는
관계 유형 세 가지

인연을 끊는다는 건 쉬운 일이 아니다.
거꾸로 생각해보면,
그렇기 때문에 지금부터 말할 내용들이
너무나 중요하다.
진지한 관계로 발전하기 전에 꼭 점검해보라.

　　진지한 관계로 발전하기 전에 알아봐야 할 것이 세 가지가 있다. 이 중에 하나라도 해당이 된다면 그 관계는 다시 한번 생각해보길 바란다. 결혼은 더더욱 어려울 수 있다.

　　사실 이렇게 말한다고 해서, 세 가지 중에 한 가지에 해당된다고 해서 헤어지기를 마음먹을 수 있는 사람이 많지 않다는 것을 안다. 그만큼 인연을 끊는다는 건 쉬운 일이 아니다. 거꾸로 생각해보면, 그렇기 때문에 지금부터 말할 내용들이 너무나 중요하다. 진지한 관계로 발전하기 전에 꼭 점검해볼 필요가 있다.

• 사과받고 싶은 여자, 사과하기 싫은 남자

어느 방송 프로그램에서 부부들의 일상을 보여주는데 아내가 남편한테 잔소리를 많이 했다. "먹었으면 바로 치워야 될 거 아니냐"부터 시작해서 "요리를 하는데 칼을 왜 그렇게 쥐느냐" 등등. 남편은 사과를 안 하고 왜 그렇게 할 수밖에 없었는지에 대한 핑계를 댔다. 그런 반응에 아내는 잔소리를 그치지 않고 계속하고 남편도 참다 참다 "너는 왜 화장실에 휴지 다 떨어진 거 봤으면서도 안 갈았느냐"는 얘기를 꺼냈다. 물론 어느 정도 연출도 있겠지만 대부분의 부부들이 일상적으로 겪는 일일 것이다.

나의 경우에도 아내가 화장실에서 나올 때 불을 잘 안 꺼서 불을 좀 꺼달라고 얘기한 적이 있다. 근데 오래 몸에 배어 있던 행동인 만큼 한 번에 고쳐지지 않는다. 그러면 나는 아내가 다음번에 그런 똑같은 실수를 반복해도 굳이 말하지 않는다. 한 달 정도 지났는데도 반복된다면 다시 얘기를 꺼내는데, 이때 중요한 것은 '내가 이거 이렇게 하지 말랬지'라고 시작하지 않는다는 점이다. 이런 식으로 대화를 시작하면 상대로서는 "미안해"라고 답해야 하기 때문이다. 상대방에게 그런 부담을 주는 대신, 처음 말했던 것과 똑같이 "화장실 쓰고 나오면 불 좀 꺼줘"라고 말한다. 상대방이 "알았어"라고만 하면 되도록 말이다. 이런 식으로 서로 사과하거나 사과받기를 고집하지 않아야 관계가 원활할 수 있다.

보편적으로 남자는 미안하다는 말에 인색하다.
반대로 여자는 사과받고 싶은 심리가 강하다.
그러므로 여자라면 미안하다는 말에
인색하지 않은 남자를 만나야 하고
남자라면 사과받기를 고집하지 않는
여자를 만나야 한다.
모든 불화는 사소한 것에서부터 시작한다.

• 당신은 상대방을 필요로 하는가?

그리고 상대방도 나에 대한 필요성을 느끼고 있는가?

여기서 '필요성'은 물질적인 걸 말하는 게 아니다. 둘 중 하나가 '이 사람 없어도 크게 무리가 없겠다'라고 느끼게 되는 순간, 혹은 이 사람과 더는 함께하기가 어렵겠다고 판단하는 순간, 상대방의 필요성은 사라진다.

상대방을 향한 불만은 만나온 기간과 비례해서 조금씩 쌓일 수밖에 없다. 그러다 감당하지 못할 지경이 되면 결국 폭발한다. 사람을 바꾸는 건 너무나 힘든 일이므로 진지한 관계가 되기 전에 '이 사람 아니면 안 되겠는지'를 잘 생각해봐야 한다.

• 술과 게임에 빠진 사람인가?

이것은 특히 결혼을 할 때 유의해서 봐야 하는 점이다. 혼자 술 마시고 혼자 게임하는 건 괜찮지 않느냐고 묻는 사람이 많은데 연애할 때는 괜찮을 수 있다. 그런데 같이 살기 시작한 뒤에 혼자 술을 마시거나 게임하는 모습을 지켜보고 있으려면 그야말로 곤욕이다. 초반에는 '스트레스 많이 받았을 텐데, 취미 생활이니까 이해해줘야지' 할 수 있다. 그런데 몇 년이고 그런 생활이 지속된다면 상대방은 지칠 수밖에 없다.

"둘 다 술과 게임을 좋아하면 상관없지 않나요?"라고 묻는 사람도 있다. 그런데 이것도 상대적이다. 둘 다 술과 게임을 좋아하더라도 분명 더 좋아하는 사람과 덜 좋아하는 사람으로 나뉜다. 자신보다 더 술이나 게

임에 미쳐 있는 사람을 보는 배우자의 심경은 복잡하다.

　　게다가 아이 계획까지 있다면 문제는 더 심각해진다. 임신을 하게 되는 쪽은 여자다. 아무리 술을 좋아하더라도 아이를 계획하거나 아이를 품고 있을 때는 술을 못 마신다. 그러면 매일같이 술 마시는 남편을 보면서 무슨 생각이 들겠는가. 아이 육아는 뒷전이고 게임만 하는 남편을 보며 이해할 수 있겠는가.

　　술과 게임은 중독성이 강하고 끊기가 힘들기 때문에 애초에 안 하는 사람을 만나는 게 좋다. 지금 당장에는 그렇게 큰 문제가 아닐 거라 생각할 것이고 이것 때문에 헤어지기는 어렵겠지만 진지한 단계로 접어든다면 반드시 한 번은 이 문제가 심각한 상황을 만들어낼 것이다. 그 점을 염두에 두고 상대를 지켜보아야 한다.

　　이 세 가지 중에 하나라도 해당된다면 진지한 관계로 넘어가지 말아야 한다. 결혼은 더더욱 신중하게 결정하라. 물론 스스로 고칠 수 있고 변할 수 있다. 그러나 결혼 준비를 하고 있는데도 어느 한 문제가 고쳐지지 않는다면 결혼해서 고칠 생각은 안 하는 게 좋다. 차라리 이 문제는 내가 체념하고 살겠다고 마음먹는 편이 낫다.

상대방이 사과를 하니 넘어갔는데
다음에 똑같은 실수가 반복된다.
왜 이런 일이 발생할까?

문제는 상대방이 자기가 뭘 잘못했는지
인지하는 시간이 턱없이 부족한 것이다.
스스로 잘못을 깨달을 기회를 주어야 한다.

휘몰아치는 감정에
대비하는 자세

이성보다 감정이 앞서는 연애를 하고 있다면
지금이 바로 앞으로 어떻게 대처할지
터득할 수 있는 기회다.

　"남자친구는 한 번도 감정이 이성을 이길 정도
의, 압도적인 사랑을 해본 적이 없어요. 결혼 생각도 있는
데 그런 사랑의 경험이 없으니 나중에라도 남자친구가 그
런 사람을 만난 뒤에 흔들릴까 봐 걱정이에요."

　이런 사연을 듣고 내 친구가 생각났다. 그 친구
는 사귀었다 헤어져도 아무렇지 않아 보였다. 위로를 해
도 '헤어지면 헤어지는 거지, 뭐 괜찮아'라는 식이었다. 매
번 그렇게 감정이 없는 사람처럼 연애를 하기에 한번은
어떻게 그럴 수 있느냐고 물었더니 그 친구가 이렇게 답

했다.

"나는 헤어지면서 힘들다고 말하는 사람이 더 이해가 안 가. 연애를 하면 언젠가 헤어지는 건 당연한 거 아닌가?"

이런 생각을 가져서인지 길게 연애한 적은 없었는데, 한번은 2년 가까이 한 사람과 사귀고 있는 게 아닌가. "이번엔 좀 오래 가네?"라고 슬쩍 운을 뗐더니 친구의 말이 의외였다.

"지금 여자친구는 뭔가 좀 다른 것 같아."

그런데 얼마 후 그에게서 전화가 왔다. 여자친구와 헤어지게 되었다며 자신이 얼마나 힘든지 한참을 이야기했다. 그리고 어떻게 해야 하는지를 물었다. 처음 있는 일이었다. 친구는 힘들어했지만 나는 내심 다행이라는 생각이 들었다.

이성보다 감정이 앞서는 연애를 하고 있다면
앞으로 그런 감정이 생길 때 어떻게 대처할지
터득할 수 있는 기회다.
만일 이런 경험을 하지 못한 채 결혼한다면
그제야 누군가를 만나 깊은 감정을 느낀다면

그때는 정말 위험한 일이 생긴다.

다시 앞의 사연으로 돌아가면, 그 남자가 결혼 후 압도적인 감정에 휩싸이게 하는 또 다른 사람을 만날지 아닐지를 미리 점칠 수는 없다. 그러나 만에 하나 그런 일이 벌어진다면 비슷한 감정을 겪어본 사람과 아닌 사람의 대처는 전혀 다를 것이다. 그런 경험을 해본 사람은 강렬한 감정도 시간이 지나면 사그라든다는 것까지 경험해봐서 어떻게 해야 할지 알 수도 있다. 스스로 감정을 통제하는 법을 배웠을 수도 있다. 반면 그런 감정 자체를 처음 경험한 사람은 정신을 못 차릴 가능성이 크다.

당신이 그 남자를 더 좋아하는 게 정말 괜찮은가?
평생 그 관계를 감당할 수 있겠는가?
그게 아니라면 그 남자에게 조금 더 경험할 기회를 주어라.

사실 '감정이 이성을 이긴다'는 게 반드시 그 사람을 엄청나게 좋아한다는 뜻은 아니다. 반대로 이성이 감정을 지배한다고 해서 그 사람을 좋아하지 않는 것도 아니다. 그러나 이 사연 속 남자처럼 감정이 이성을 이기는 연애를 한 번도 경험해본 적 없는 사람이라면 지금 당신에 대한 감정을 확신하기 힘들다. 특히 결혼까지 생각하는 관계라면 서로 다양한 감정을 주고받는 경험을 쌓아나가는 것이 좋다.

성격이 비슷한 커플 vs
완전히 다른 커플

성향이 똑같다면
다른 시각으로 보기가 힘들기 때문에
중요한 결정들을 해나가는 데
오히려 어려움이 생길 수 있다.

성격이 비슷한 사람끼리 사귀는 것과 성격이 다른 사람끼리 사귀는 것. 사실 장단점이 있다.

성격이 비슷한 사람끼리는 서로 더 깊이 공감할 수 있다. 그렇지만 자신과 똑같은 단점이 보인다면 오히려 참기 힘들어질 수도 있다. 반면 성격이 서로 다르다면 자신에게 없는 점을 선망하는 게 사람인지라 상대방이 더욱 매력적으로 보일 수도 있다. 하지만 서로 다르기 때문에 이해하지 못하는 점이 그만큼 많을 수 있다.

사실 연애를 할 때는 둘 중 어느 쪽이어도 크게

상관이 없다. 서로 같거나 달라서 다툴 순 있어도 삶에 지장을 주진 않는다. 그런데 결혼을 한다면, 이 경우에는 후자가 낫다고 본다. 결혼을 하면 현실적으로 결정을 내려야 할 일이 굉장히 많이 생긴다. 차를 바꾸거나, 집을 마련하거나, 이사를 가거나, 자녀가 있으면 자녀를 교육하는 문제까지. 그런데 성격이 똑같다면 다른 시각으로 보기 힘들기 때문에 중요한 결정들을 해나가는 데 어려움이 생길 수 있다.

특히 둘 다 소극적이고 우유부단하다면
현실적인 문제들을 잘 해결하지 못하고
시대에 뒤떨어지게 되는 상황까지 발생한다.

예를 들어 요즘 부부들이 제일 많이 싸우는 원인 중에 하나가 바로 부동산 문제다. 집값이 이렇게 오르기 전에 어느 한쪽이 추진력 있게 집을 사는 결단을 내려서 지금 웃고 있는 부부도 있고, 한쪽이 조심스러운 성격이라 반대해서 집 살 시기를 놓친 부부도 있다. 부동산 하락기에는 반대의 경우도 있을 수 있겠다.

이것은 한 가지 예일 뿐이지만 이런 문제가 부

부 사이에는 굉장히 많이 일어난다. 그래서 성격이 서로 달라야 어느 정도 보완이 될 수 있다. 이 예와 반대로 추진력 있고 모험심 있는 한쪽이 잘못된 일을 저지르지 못하게 다른 한쪽이 막을 수도 있다.

물론 성격이 다르면 다 괜찮다는 뜻은 아니다. 둘이 성격이 너무 다른데 타협이 안 된다면 다 소용없다. 서로 고집을 부리느라 맨날 싸우다 갈라서는 일도 생긴다. 반대하는 사람 입장에서 논리적이고 합리적으로 이유를 잘 설명할 필요가 있는데 무작정 고집만 부리면 결론이 나지 않는다.

그 사람에게 얼마나 융통성이 있는지를 보라.
성격이 다른데 융통성도 배려도 없다면
오히려 최악의 상대다.

결국 성격이 둘 다 똑같은 것보다는 조금 달라서 다양한 관점으로 문제를 볼 수 있고, 상대를 성의 있게 설득해서 협의에 이를 수 있는 관계가 제일 좋다. 너무 똑같으면 둘 다 리드하는 타입이라도 문제가 생길 수도 있고, 둘 다 소극적이면 소극적인 대로 발전하기 어려울 수 있다.

서로 달라서 다른 시각으로 세상을 보고, 그것을 나누며 함께 성장해나간다면 가장 이상적인 커플이 될 수 있을 것이다.

**잔머리보다
진실이 낫다**

스스로 생각해봐야 한다.

상대를 좋아하는 마음이

지금의 불편함을 감내할 수 있을 정도인가?

"당근마켓에 물건을 사고 싶어서 문의했는데 그 판매자가 여자라고 불편해하는 여자친구. 도저히 이해가 안 갑니다."

이건 본인이 어떻게 하느냐에 따라서 쉽게 해결할 수 있는 부분이다. 거래를 안 하면 된다. 왜냐고? 여자친구가 기분 나빠하니까.

"머리 자르는 것도 여자 미용사가 잘라준다고 싫다고 해서 원래 다니던 미용실도 바꿨어요."

마찬가지다. 여자친구가 싫다고 하면 다른 남자

미용사를 찾아가면 된다. 이렇게 얘기하면 '너무 여자의 편에서 말하는 것 아닌가' 하는 생각을 하는 사람도 있을 것이다. 그렇다면 이렇게 생각해보라.

남자들이 여자친구가 클럽에 가는 걸 싫어하는 가장 큰 이유는 여자친구를 못 믿기 때문이 아니라 남자들을 못 믿기 때문이다. 여자친구가 한눈을 팔까 봐 걱정하는 것보다는 주변 남자들이 접근하는 걸 걱정하는 것이다. 그렇지만 여자의 경우에는 좀 다르다. 사연처럼 여자가 자신의 남자친구가 다른 여자를 만나는 걸 극도로 싫어한다면, 남자친구를 완전히 믿지 못하고 있을 가능성이 크다.

사연의 당사자에게 여자친구와 어떻게 사귀게 되었는지 물었다.

"SNS, 그러니까 인스타그램에서 만났어요."

이 남자가 인스타그램에 운동하는 일상을 올리다가 여자의 계정을 보게 되었고, 먼저 접근해서 DM으로 말을 걸었다고 했다. 그렇게 사귀게 되었지만 여자친구는 은연중에 남자친구가 '모르는 사람에게도 가볍게 접근하는 사람'이라는 생각을 갖게 되었을 것이다. 본 적도 없는

자신에게 먼저 접근한 것처럼 다른 여자들한테도 그럴 수
있다고 생각하고 경계하는 것이다.

이건 여자친구 문제가 아니다.
남자의 문제다.
자신의 행동을 먼저 돌아봐야 한다.

물론 여자친구가 다 잘했다는 건 아니다. 연인
사이에 상대방을 구속하고 의심하는 게 바람직한 행동은
아니다. 그리고 이 남자는 그것 때문에 괴로워하고 있다.
그러면 스스로 생각해봐야 한다. 여자친구를 좋아하는 마
음이 지금의 불편함을 감내할 수 있을 정도인가? 당신 마
음의 기준치를 넘는 순간 폭발할 것이고, 그때는 헤어지
는 결말만 남는다. 그러나 기준치를 넘기 전까지는 감당
할 수밖에 없다, 좋아하니까.

이것 하나만은 기억해두었으면 한다. 상대는 내
머리 위에 있다. 잔머리 쓰지 말고 있는 그대로의 내 모습
을 보여주어라.

만약 여자친구 외의 다른 여자와 연락하거나 만
난 적이 있다면 잔머리를 굴려봤자 여자들 눈엔 다 보인

다. 그리고 결정적인 게 눈에 보이는 순간 신뢰는 곤두박질친다. 이성 친구랑 연락했으면 연락했다고 솔직하게 말하는 게 차라리 낫다. 그러니 잔머리보다는 진실을 택하는 편이 상대방의 신뢰를 얻는 지름길이다.

관계를 망가뜨리고 싶지 않다면, 여전히 여자친구의 마음을 얻고 싶다면 자신의 행동을 돌아보고 솔직하게 진실된 태도로 여자친구의 요구에 응하라.

다 지난 일을 들추느라
현재를 놓치지 마라

여자는 다투다가도
지금과 비슷했던 예전 일을 꺼내어 말하면
상대가 내 감정에 더 공감하고
이해해주지 않을까 생각한다.

지나간 일을 끄집어내서 서운했다고 말하는 사람은 높은 확률로 여자다. 남자가 먼저 지나간 일을 끄집어내 다시 대화를 시작하려는 경우는 많지 않다. 이미 여자 쪽에서 먼저 과거의 일을 화제로 꺼내 들었을 가능성이 크다. 여러 진화학자들은 여자가 정서적인 세부 사항을 남자보다 훨씬 더 잘 기억한다고 말한다. 그렇기 때문에 남자친구에게 서운했던 일이나 말은 3년이 지나도 까먹지 않고 날짜까지 정확히 기억하는 경우가 많은 것이다.

남자 자신은 몰랐던 사실이라면 '그랬구나. 안

그러도록 노력하겠다. 미안하다'고 사과할 수 있다. 그런데 싸우던 도중에, 감정이 격해진 상황에서 과거 일을 끄집어내면 남자는 받아들이기가 힘들 수도 있다. 그러면 "왜 다 지나간 얘기를 지금 해"라고 하면서 싸움이 더 커지거나 남자 쪽에서도 지나간 얘기를 꺼내서 다툼은 걷잡을 수 없게 악화한다.

서운했다는 대화를 하다가
서로 잘못한 일을 줄줄이 꺼내고
어느새 상대에게 저주를 퍼붓고 있을 것이다.

여자가 나쁜 의도로 예전 일을 끄집어내는 건 아니다. 여자는 이미 상황이 이렇게 된 마당에 지금과 비슷했던 그때 일을 꺼내어 말하면 남자가 내 감정에 더 공감하고 이해해주지 않을까 생각한다. 반면 남자는 지나간 일은 지나간 대로 내버려 두자고 생각하는 경향이 크다. 그렇기 때문에 여자의 의도와 달리 남자는 여자가 싸움을 거는 거라고, 지난 일을 계속 마음에 담아두면서 자신을 미워하고 있다고 오해하기도 한다. 내가 여자친구를 이렇게 서운하게 하는 사람인가 자책하게 될 수도 있다.

서운했던 일은 짚고 넘어가야 하지 않느냐고 말할 수도 있다. 말하지 않으면 남자는 영원히 모를 것 아니냐고. 말을 하는 것 자체는 문제가 아니다. 하지만 두루뭉술하게 얘기하면 남자는 오해할 수 있기 때문에 확실하게 전해야 한다. 긁어 부스럼 만들려는 게 아니라고, 그저 공감하고 이해해주길 바라는 것뿐이라고.

　　제대로 된 남자라면 들어주고 이해해줄 것이다. 남자는 사랑하는 사람한테 잘해주고 싶고 좋은 모습만 보여주고 싶다. 여자가 서운했던 얘기를 꺼내면 웬만하면 받아주고 싶지 처음부터 싸우려는 사람은 없다.

　　다만 했던 얘기를 하고 또 한다면
　　누구나 한계에 부딪히는 때가 온다.
　　지나간 일을 들추느라 현재를 놓치지 마라.

　　여기서 오해하지 말아야 할 게 있다. 여자가 과거 일을 꺼내는 경우가 많다고 했지만 남자는 전혀 안 그렇다는 얘기는 아니다. 나도 어리고 경험이 부족할 때는 괜히 관심받고 싶어서 가끔 과거에 서운했던 일을 끄집어낸 적이 있다. 만약 남자가 먼저 과거 일을 끄집어내는 일이 잦다면 그 남자와 계속 사귀는 건 한번쯤 다시 생각해 볼 필요가 있다. 이런 문제는 결코 한 번으로 끝나지 않고 다툴 때마다 끊임없이 반복될 가능성이 크기 때문이다.

내가 이성의 끈을 놓지 않으면 힘들어질 일은 없다.

내가 항상 현실적으로, 이성적으로

생각하라고 강조하는 이유다.

반대로 감정만 따르면 나도 상대방도 힘들어진다.

실연이 태만을
정당화할 수 없다

나는 딱 일주일만 힘들어한 뒤 털고 일어난다.

일주일이 짧은 시간 같은가?

일주일간 집 밖에 안 나가고

아무것도 안 하고

오직 슬퍼만 한다고 상상해보라.

그 일주일은 어마어마하게 긴 시간이다.

"20대 초에 3년 연애하다 차였는데 9개월째 잊지 못해 괴롭습니다."

사랑이 어떻게 변할 수 있느냐며, 과거에 매달려 앞으로 나아가지 못하는 사람의 말이다. 연인과 헤어진 후 마음을 다잡아도 문득 눈물이 울컥 쏟아진다. 이별 노래를 들으면 다 내 이야기 같다. 일이 손에 안 잡힌다. 헤어짐을 경험해본 사람이라면 누구나 이런 적이 있을 것이다.

반문하고 싶다. 20대 초에 만나 평생 함께하기

를 바란 것인가? 이 사람보다 더한 사람도 많다. 5년, 7년째 잊지 못하겠어서 괴롭다는 사람도 종종 있다. 이런 사람들은 마음 한구석에 이런 마음을 품고 있다.

'내가 너를 이렇게 사랑하는데. 나처럼 널 사랑하는 사람은 어디 가서도 못 만날 거야.'

다음 단계로 나아가지 못하고 과거에 얽매여 있으면서 자신을 로맨틱한 사람이라고 포장한다. 미안하지만, 이건 로맨틱한 게 아니라 정신을 못 차린 것이다. 자신의 삶을 충실하게 살아가는 정상적인 사람이라면 이렇게 오랜 시간 한 사람을 못 잊는다는 건 어불성설이다.

이런 말을 하면 너무 감정이 메마른 것 아니냐고, 칼로 무 자르듯 그렇게 감정을 끊어낼 수 있느냐고 반문하는 사람도 있다. 물론 나도 사람인지라 헤어지고 나면 일이 손에 안 잡힌다. 그래도 나는 딱 일주일만 힘들어한 뒤 털고 일어난다. 일주일이 짧은 시간 같은가? 일주일간 집 밖에 안 나가고 아무것도 안 하고 오직 슬퍼만 한다고 상상해보라. 그 일주일은 어마어마하게 긴 시간이다.

일주일, 더 나아가 한 달 정도는 힘들어할 수 있다. 실컷 힘들어하라. 아무것도 손에 안 잡히면 아무것도 하지 말고 누워만 있어보라. 한 달 내내 매일 술만 마시고 울고불고해보라. 그렇게 있다 보면 '내가 지금 뭐 하고 있지?'라고 느낄 때가 올 것이다. 하지만 그 이상의 시간은 사치라고 생각한다.

냉정하게 생각해보자.
눈물이 쏟아져서 일을 못 하는 건지,
일을 하기 싫어서 눈물을 흘리는 건지.

헤어지고 나서 힘든 순간은 누구에게나 있다. 가까운 직장 동료에게 힘든 얘기를 하면 한두 번은 들어주고 공감도 해줄 것이다. 그러나 그뿐이다. 다음 날이 되면, 아니 당신과 있던 자리를 떠나면 생각도 안 할 것이다. 당신한테는 하늘이 무너지는 것 같은 일일지라도 타인이 보기에는 사적인 일일 뿐이다. 이별은 사회인으로서 일에 집중하지 못하는 정당한 이유가 되지 못한다.

직장인이 이별해서 힘들다고 자리를 비우거나 일에 집중을 못 하면 자기 자신의 이미지를 망치고 성과를 내지 못할 뿐 아니라, 다른 사람들한테도 피해를 주게 된다. 사람은 간사한 동물이다. 이성 문제를 떠나 인생 전반을 두고 보면 항상 그 무엇보다 우선되는 건 자기 자신이다. 대부분의 사람이 그런 생각을 가지고 있다. 사람은 타인에 대해서 그렇게 관대하지 못하다. 일을 해서 돈을 벌러 온 직장에서는 더더욱.

헤어지고 나서 힘든 마음을
다른 사람들한테 티 내지 마라.
어린 나이가 아니라면
공사 구분쯤은 할 줄 알아야 한다.
실연을 핑계로 자기 합리화하지 마라.

남들이 해줄 수 있는 건 끽해야 위로해주고 공감해주고 현실적으로 조언해주는 것뿐이다. 그 이상으로 해줄 수 있는 게 없다. 당신의 힘든 감정을 대신 극복해줄 수 있는 사람은 어디에도 없다.

'누군가는 내가 이렇게 힘들어하는 걸 알아주지 않을까.'

그런 생각이 자신을 더 힘들게 만들고 있다. 남들은 당신의 실연에 그렇게까지 관심이 없다. 당신 마음의 반의 반도 느끼지 못한다. 당신이 힘들어하는 시간이

길어질수록 '나이가 몇 살인데 아직도 연애 때문에 직장에서도 저러고 있나'라고 한심하게 생각한다. 이미 힘든 티를 냈다면 사실 이미지에는 벌써 손상이 간 상태다. 일어난 일은 어쩔 수 없으니 하루빨리 정신 차리고 일상생활로 복귀하길 바란다. 정말 답 없는 사람이 되지 않으려면 말이다.

**어디로도 향하지 않는
사랑을 계속하고 있다면**

결혼 정년기에 연애하는 경우는
크게 두 가지로 나뉜다.
첫 번째는 결혼을 전제로 한 마지막 연애를 하고 있는 경우,
두 번째는 헤어지지 못해서 만나고 있는 경우다.

"30대 초반 3년 차 커플입니다. 둘 다 자기 일과 생활이 더 중요해서 지금은 결혼 생각이 없다고 대화를 끝냈어요. 잘 만나고 있고 남자친구를 못 믿는 건 아니지만 주변에서 '남자친구가 너를 정말 좋아하면 그러지 않는다'라는 말을 들으니 불안해요."

어느 여성 독자가 이런 고민을 털어놓았다. 언뜻 듣기에는 둘이 합의했으면서 왜 불안해할까 싶다. 그러나 여자가 불안을 느끼는 건 주변 사람들의 말보다는 자신의 문제일 가능성이 크다. 여자는 마음 한구석에서는

의구심이 일고 있었다. 남자친구가 아직 결혼 준비가 안된 것에 부담을 느끼고 있고 책임에 대한 압박이 있는 것 같아 보인다고 했다.

여러 정황을 봤을 때 내 생각에도 남자는 성공에 대한 욕심이 큰 게 아니라 결혼 준비가 안 되어 있는 것으로 보였다. 내가 경험한 바로는, 경제적으로 준비된 남자라면 이런 식으로 얘기하지 않는다. 일에 전념하고 싶다는 건 핑계일 뿐이다.

주변의 30대를 봤을 때, 스스로 만족스러울 만큼 경제적으로 준비가 되어 있는 사람은 드물다. 그들 중에는 결혼 생각이 없다고 말하는 사람도 있고, 마음먹기 나름이라고 생각하는 사람도 있다. 용기 내어 결단을 내리지 않으면 앞으로도 결혼하기 힘들 거라는 걸 깨닫고 부족한 상황에서도 결혼하는 사람도 있다. 물론 쉽지 않은 선택이다.

결혼 정년기에 연애하고 있는 사람들에게 왜 연애하느냐고 물어보면 저마다의 이유를 말하지만, 크게 두 가지의 경우로 나뉘는 것 같다. 첫 번째는 결혼을 앞두고 마지막 연애를 하고 있는 경우, 두 번째는 헤어지지 못해서 만나고 있는 경우다.

> 결혼하기엔 모든 것이 턱없이 부족한 상황인데
> 도착지 없는 연애를 계속하고 있는가?
> 아무 생각 없이 흐르는 대로 살아가고 있는가?

현실적으로 준비가 하나도 안 돼 있고 누구보다 자신의 처지를 객관적으로 알고 있는데도 변화를 도모하지 못하는 사람이 많다. 사실 연애를 시작하고 나면 스스로 더욱더 발전해보겠다는 동기를 잘 찾지 못한다. 사귀기 전에는 내 사람으로 만들기 위해서 고심하고 노력하지만 내 사람이 되고 나서부터는 그 사람한테 잘해주면 되지, 스스로 성장해야 한다는 생각을 못 하는 것이다. 그러니까 그 이상의 발전을 하기가 쉽지 않다.

분명 지금 사귀는 이 사람과의 결혼이 엄두가 나지 않지만 헤어지고 혼자가 된다는 것이 두려워 그냥 관계를 이어가는 사람이 정말 많다. 또는 앞이 보이지 않는데 그냥 그 사람이 나를 좋아하니까 만난다. 없는 것보다는 누구든 옆에 있는 게 낫지 않나, 굳이 내가 내칠 필요가 있나 생각하는 것이다.

누구를 만나도, 어떠한 연애를 해도 관계를 맺기로 마음먹은 순간부터는 그 관계에 책임을 져야 한다. 그리고 결심을 해야 할 순간은 분명히 온다. 그래서 많은 사람이 결혼이든 출산이든 인생의 다음 페이지로 나아갈 것을 결심하고, 용기를 내어 앞으로 나아간다. 그런데 마냥 안주하는 사람은 항상 결정적인 순간이 찾아오면 회피한다.

자신이 왜 회피하고 있는지 원인을 가만히 들여다보라. 내가 준비가 안 된 건지, 상대방에게 확신을 못 느끼는 건지, 그렇다면 확신하지 못하는 이유는 무엇인지…. 생각의 꼬리에 꼬리를 물고 되짚어보면 원인은 분명히 나타난다.

> 내가 한 선택에 책임을 지고
> 결정해야 하는 순간을
> 한두 번은 회피할 수 있을지 모른다.
> 하지만 회피를 거듭하다 세월만 무심히 보내고
> 그때 가서 허망함을 느낀다면 이미 늦은 것이다.

내 삶에서 이룬 것도 없는 상황에서, 감정적으

로 의지하고 기댈 수 있는 그 사람마저 내 옆에서 사라지는 게 싫어서 그냥 만나고 있는가? 그렇다면 두 가지 중에 하나를 선택해야 한다. 지금이라도 정신 차리고 연애하면서도 꾸준히 미래를 준비하는 것이다. 그게 아니면 언젠가는 이 관계가 끝이 날 것이라는 사실을 감안하고 만나야 한다. 적어도 둘 중 하나는 필연적으로 선택해야 할 문제다. 자, 이제 어떤 선택을 할 것인가? 답은 당신에게 달려 있다.

식어 빠진 연애의 답이
결혼은 아니다

사랑이 식은 현실을 회피하고 싶거나
돌아서는 연인의 마음을 다잡으려고
결혼을 밀어붙이는 것만큼 위험한 일이 없다.
결혼은 지금의 문제를 해결해주는 게 아니라
상황을 더 끔찍하게 만들 수 있음을 깨달아야 한다.

꽤 오랜 시간 연애를 하고 있다면 여러 번 싸워 봤을 것이다. 다투고 나면 화해하는 데 시간이 얼마나 걸리는가? 한 시간, 반나절, 하루 등 사람마다 다를 것이다. 얼마나 걸렸든 싸웠다가 관계가 회복되기를 여러 번 반복하다 보면 어느 순간 회복이 안 되는 시점이 찾아온다.

그전까지는 싸우더라도 다시 서로 대화가 통해서 만났는데 어느 순간 화해의 손길을 내밀어도 상대가 받아들여 주지 않거나, 반대로 상대방이 내게 사과를 했는데 받아주기 싫어지는 순간이 찾아온다. 이때는 관계가 끝난 것이다.

하지만 지금 관계가 삐걱거리는데
결혼만 하면 문제가 다 해결될 것이라고
착각한다면,
더 끔찍한 악몽으로 스스로를 몰아넣는 꼴이 될
뿐이다.

결혼 생활 중에 이런 순간이 왔다고 상상해보
라. 연애할 때는 별것도 아닌 걸로 싸워도 곧 화해하곤 했
는데, 결혼 중에는 어느 순간부터 화해하는 데 시간이 점
점 더 많이 걸린다. 예전에는 한 시간이면 끝났을 문제가
몇 날 며칠이고 지속된다. 그게 일주일이 되고 한 달이 되
고 결국 각방을 쓴다.

공포스럽지 않은가. 연애할 때의 이별은 고통스
러울지언정 둘만 돌아서면 그만이다. 양가 친인척 모셔놓
고 맹세를 한 것도 아니고 아이가 있는 것도 아니다. 하지
만 결혼은 전혀 다른 차원의 문제다.

감정이 격해졌다가도 풀리려면 콩깍지가 필요
하다. 그런데 만난 지 오랜 시간이 흐르면 서로를 너무나

잘 알게 되고, 그것은 좋기도 하지만 한편으론 콩깍지가 벗겨지기 쉽다는 뜻이기도 하다. 무조건 알아온 기간이 오래되었다고 콩깍지가 벗겨진다는 건 아니지만 관계가 어떤 의미로든 변한다는 건 당사자가 가장 잘 알 것이다.

사랑이 식은 현실을 회피하고 싶거나
돌아서는 연인의 마음을 다잡으려고
결혼을 밀어붙이는 것만큼 위험한 일이 없다.

그 콩깍지가 언제 풀릴지는 아무도 모르지만, 최대한 이 콩깍지가 벗겨지지 않도록 노력할 수는 있다. 내가 화해를 청했을 때 상대방이 받아들여 주지 않는 건 내 힘으로 어떻게 할 수 없는 문제다. 하지만 적어도 상대방이 나에게 화해를 청했을 때 나는 무조건 받아주겠다는 마음을 먹는 것이다. 결혼으로 밀어붙이기 전에 먼저 콩깍지를 지속시키는 연습부터 하라.

결혼은 지금의 문제를 해결해주는 게 아니라 더 끔찍하게 만들 수 있다는 엄중한 사실을 깨달아야 한다.

chapter 5

상처를 털고
나아가는 법

기억하라,
나는 부서질수록
빛나는 사람이다

누구를 만나느냐가
운명을 결정한다

서로 맞춰가려는 의지를 가지고
항상 내 편에 서며,
욕망을 절제할 줄 아는 사람을 만나야 하고,
나도 그런 사람이 되어야 한다.

프롤로그에서 잠깐 언급했던, 내 운명을 바꾼
만남에 관한 이야기다. 결혼하기 직전에 고등학교 때 선
생님을 만났다. 선생님은 "인생에서 가장 중요한 복이 뭔
지 알고 있느냐?"라고 물었다. 흔히 얘기하는 인간의 오복
을 떠올렸지만 잘 모르겠다고 했더니 선생님 답변이 의외
였다.

"인생에서 가장 중요한 복은 다른 그 무엇보다
도 '배우자 복'이다."

선생님이 덧붙이길, 어떤 배우자를 만나느냐에

따라 운명이 바뀐다고 했다. 왜 그렇냐고 물었더니, 살면서 결혼 이후에 삶이 불행해지는 경우를 너무 많이 봤다는 것이었다. 그리고 보니 나도 결혼 이후 불행해진 사람들을 꽤 보아왔기에 절로 귀가 기울여졌다. 다음 이야기는 아직 결혼을 생각할 나이가 아니라면 공감이 안 될 수도 있겠지만 연애에도 충분히 적용할 수 있는 내용이니 눈여겨봐 주었으면 한다. 선생님은 결혼 생활을 행복하게 꾸려가기 위해서는 세 가지를 명심하라고 했다.

• 맞춰 살아라

이 얘기는 많이들 하는 말인데, 여기서 중요한 건 서로에게 맞춰 살고자 하는 의지가 있느냐 없느냐이다. 어떤 시련과 고난이 닥쳐도 서로에게 맞춰 살려고 하는 의지만 있으면 이겨낼 수가 있다.

• 항상 배우자의 편이 되어라

살다 보면 나의 부모님과 배우자 사이에 불화가 생기는 순간이 올 것인데 이때 '배우자' 편을 들어야 한다고 했다. 선생님은 단순한 고부 갈등 이상의 격한 상황이라도 함께 있는 자리에서만큼은 배우자 편을 들어야 한다고 강조했다. 사실 나는 '뭐 그렇게까지'라고 생각했지만 이유를 들어보니 과연 납득이 갔다.

부모와는 핏줄로 이어져 있지만 결혼은 서로 남이었던 사람들이 같이 사는 것이다. 부모는 따로 찾아가 설득을 하면 충분히 이해해줄 수 있지만, 틀어진 부부 관계는 되돌리기가 힘들다. 그렇기 때문에 같이 있는 자리에서만큼은 배우자 편을 들어야 한다.

• 욕망을 절제하라

선생님은 결혼 후 다른 이성 보기를 돌같이 한다는 게 생각보다 힘든 일일 수 있다고 강조했다. 살다 보면 부부의 삶이 어떻게 갈릴 것인지는 욕망에 대처하는 태도에 달렸다고 했다. 같이 살다가 어느 순간 그 욕구를 이기지 못하고 나쁜 길로 빠지는 사람이 있고, 그 욕구를 어떻게 해서든 이겨내서 가정에 충실하게 사는 사람이 있다. 인간이란 욕구를 이겨내지 못하고 타락하려는 그 순간, 지금 배우자와 함께하는 걸 불행이라 생각하고 색다른 욕구를 즐기는 걸 행복이라고 착각하기 쉽다고 했다. 그저 지금 삶 자체가 지겨워서 절제하지 못하는 것인데 말이다.

그러나 시간이 흘러 예전을 되돌아보면 무료하다고 생각한 그 삶 자체가 행복이라는 걸 느낄 수 있다. 오랜 세월 가정에 충실하면서 살다 보면 이렇게 사는 것이 과연 행복인가 의구심을 갖다가도 결국 불화나 갈등이 없었으므로 나중에 그 자체가 행복이라는 걸 깨달을 수 있다고 했다.

인간은 본능적으로
자극을 느끼기 시작하면 더 큰 자극을 원하고
그다음부터는 또 더 큰 자극을 원하게 된다.
그 결과 관계는 파탄 나고, 회복하기는 불가능하다.
이것을 명심하지 않으면 당신 곁엔
아무도 남아 있지 않을 것이다.

선생님의 말을 듣고 나니 그동안 정리되지 않던 감정들이 명쾌하게 정리된 기분이 들었다. 서로 맞춰가려는 의지를 가지고, 항상 내 편에 서며, 욕망을 절제할 줄 아는 사람을 만나야 하고, 나도 그런 사람이 되어야 한다. 그러면 좋은 관계가 지속될 것이고 운명이 바뀔 것이다.

일과 사랑,
멀티가 안 되는 이유

멀티가 안 되면 두 마리 토끼를 다 잡을 생각을 하지 마라.
준비가 안 돼 있을 때 여러 가지 일을 저지르면
결과가 좋을 리도 없거니와 좌절이 더 크게 느껴진다.

일에서도 성취를 거두고 싶고 연애도 잘하고 싶다. 이건 모든 사람의 바람 아닐까? 그런데 이게 정말 쉽지가 않다.

대학원 진학을 준비하고 사업도 하면서 연애도 잘해보려고 했는데 실패했다고 좌절한 사람이 있었다. 나는 지금 당장 가장 원하는 게 무엇인지 생각해보고 그것에 집중하라고 조언했다.

이 사람은 아마도 조금 억울했을 것이다.

'아니, 다른 사람들은 여러 가지 일을 하면서 연

애도 잘만 하던데 왜 나만 안 되는 거야?'

그러고는 원인을 다른 데서 찾는다.

'저 사람은 더 잘생기거나 예뻐서 그런가? 저 사람은 집에 돈이 많아서 그래.'

물론 대부분의 사람은 공부하면서 연애도 하고, 취업 준비를 하거나 사업을 하면서도 연애를 한다. 그런데 그 사람이 어떤 노력을 얼마나 했는지 우리는 모른다. 일에 한창 집중해서 마음의 안정이 찾아온 단계라 연애하는 데 큰 무리가 없을 수도 있고, 겉으로 봐서는 모르는 다른 이유가 있을 수도 있다. 보이는 것이 아니라 본질적인 이유를 찾아야 한다.

고민을 요청해온 사람의 경우, 문제는 이 사람이 하려는 여러 가지 일 중에 어느 것도 안정되지 않았다는 것이었다. 무엇 하나가 자리를 잡으면 멀티는 알아서 된다. 아무것도 안 갖춰진 상황에서 다 잘 하려고 하니까 멀티가 되려야 될 수가 없는 것이다.

다 잘 해보려고 했는데 실패했는가?

멀티가 되기엔 당신의 CPU가 부족하다는 뜻이다.

CPU부터 충족한 다음 연애를 고민하라.

당신 삶에 더 집중하라는 뜻이다.

연애를 하면 어느 쪽으로든 상대방이 나를 판단할 것이다. 만약 상대방이 나를 떠났다면 그만큼 내가 불안하고 불안정해 보였다는 것이다. 이번 연애에서 그치지 않고 앞으로의 연애를 잘하고 싶다면 지금 당장 해결해야 할 것은 본인 스스로에 대한 문제다.

멀티가 안 되면 애초에 두 마리 토끼를 잡을 생각을 하지 마라. 준비가 안 돼 있을 때 여러 가지 일을 저지르면 결과가 좋을 리도 없거니와 좌절감이 더 크게 다가온다. 남들에 비해서 좀 뒤처지는 건 문제가 아니다. 아직 이룬 게 없고 가진 게 없어도 목표가 뚜렷하고 그 목표를 향해 노력하고 있는 사람은 불안하거나 부족해 보이지 않는다.

당신은 지금 뭘 향해 살아가고 있는가?

지금 자신의 삶에 스스로 만족하는가?

이 질문의 답을 먼저 고민하라.

지금은 연애를 고민할 때가 아니다.

그래야 스스로 심적 안정을 찾을 것이다. 자신이 자기 삶에 만족하지 못한다면 다른 사람 또한 당신에게 만족할 리가 없다. 본인 자신부터 가다듬는 시간을 가져라. 그래야만 다른 사람이 당신을 보고 사랑할 준비가 되었다고 느낄 것이다. 그제야 다른 사람도 당신을 있는 그대로 바라봐줄 수 있을 것이다.

다시는 사랑 안 한다는
거짓말

다른 사람 만나기가 두렵다고?
솔직히 인정하자.
다른 사람 만나기가 두려운 게 아니라
자기 자신이 만족스럽지 않은 거다.

연인의 바람으로 헤어진 경우 더 이상 남자 혹은 여자를 못 믿겠다고, 다시 다른 사람을 만나는 게 두렵다고 말하는 사람이 있다. 본인은 그 순간 진심일 것이다. 하지만 내가 수많은 사람의 상담을 하며 본 바로 그렇게 말하는 사람 중에 1년, 아니 6개월도 사랑을 쉬는 사람이 없었다.

정말 연애를 안 하기로 마음먹은 사람은
그냥 조용히 자기 일하면서 산다.

구구절절 다른 사람 만나기가
무섭고 두렵다고 말하는 건
그만큼 연애에 관심이 많다는 뜻이고,
스스로 준비가 안 되어 있음을 인정하는 셈이다.

냉정하게 얘기하면, 다른 사람 만나기가 무섭다
는 건 만나고는 싶은데 또 상처받을까 봐 두렵다는 뜻이
다. 준비가 안 되어 있다는 건 현실에서 내가 이루고 쌓아
놓은 게 아무것도 없다는 뜻이다. 즉, 목표도 의욕도 없이
그저 하루하루 제자리를 맴돌며 살고 있을 뿐이라는 이야
기다. 그런 상태에서 다시 사랑하고 또 배신당한다면 나
이만 더 먹었지, 아무것도 이룬 게 없는 나 자신으로 다시
돌아올 것 아닌가. 이들이 진짜 두려워하는 건 바로 이런
결과이다.

만약 연애 외의 삶이 만족스럽다면, 열심히 일
해서 경력도 쌓았고 돈도 많이 모았다면 두려울 게 없다.
설사 다시 연인에게서 상처를 받는다고 해도 내 인생에서
그 사람만 빠질 뿐이다. 그러니 과거처럼 상처받을까 봐
두려운 마음이 줄어든다.

반면 아무런 준비가 되어 있지 않은 사람은 연

인과 헤어져 그 사람 하나가 빠지면 인생 전체가 무너져 내린다. 솔직히 인정하자. 다른 사람 만나기가 두려운 게 아니라 자기 자신이 만족스럽지 않은 거다.

네가 나와 마음이 맞으면 좋고,
아니면 어쩔 수 없고.
이런 마음을 바탕에 두고 사랑해야 한다.

인생이나 연애에서 운이 차지하는 비중이 굉장히 크다고 생각한다. 행복해 보이던 커플들도 눈 깜짝할 새 파국에 이르듯, 세상에는 우리를 흔드는 변수가 너무나 많다. 사랑을 한다는 것도 어쩌면 위험 부담을 안는 것이다.

위험 부담을 안고 사랑을 한다면 담보가 있는 게 좋지 않겠는가. 쉽게 말해 믿는 구석 하나쯤은 있어야 한다. 그토록 믿었던 상대방이 만에 하나 나를 배신하더라도 내게 남을 무언가가 분명히 있어야 한다는 말이다. 사랑한 동안의 시간을 통째로 허비한 것으로 만들지 않을 수 있는 나의 또다른 삶의 목표가 있어야 한다. 그래야 당신이 흔들리고 힘든 그 시기에 멘탈의 뿌리까지 뽑히는 걸 막을 수 있다.

사랑에 너무 휘둘리지 말아야 한다. 자신의 길을 열심히 걸어가보라. 그 길에 당신과 가치관이 맞는, 진실된 상대가 나타날 수 있다.

당신이 생각하는 대로 당신의 인생을 살아가라. 사람은 반드시 자신이 주체가 되어 사랑해야 한다. 이렇게 할 수 있으려면 먼저 스스로 만족하는 삶을 살아야 한다. 내가 먼저 자리를 잡아야 사랑도 따라오는 법이다.

인간은 본능적으로 자극을 맛보는 순간
더 큰 자극을 원하게 된다.

한순간 행복이라고 생각하고 찾아 나섰던
그 타락의 길은 거기에서 끝나지 않고
영원히 만족을 채울 수 없다.

선택하라. 눈앞의 소중한 사람을 두고
언제까지 흔들릴 것인지.

둘만의 세계에 갇혀
연애하지 마라

둘만의 세계에 갇혀서 연애하는 경우가 많다.
이 사람이 보는 시선에서는 상대방만이 정답이 되고,
그래서 가스라이팅 당하기 쉽다.

사랑에 빠지면 내 마음이 내 뜻대로 잘 안 된다. 연애를 하면서 뭔가 잘못되어가고 있음을 스스로 느끼기는 쉽지 않다. 하지만 현실을 직시해야 할 순간들이 여러 번 찾아오는데도 그 기회를 다 놓치는 건 자기 잘못이다.

심지어 상대방이 잘못을 했음에도 헤어지지 못하는 사람이 있다. 상대방이 나를 어떻게 대하든 내가 좋으니까 만나겠다고 하는 사람도 있다. 다른 사람이 보기에는 도저히 이해가 안 간다. 그런데도 왜 이렇게 비이성적으로 행동하는 것일까?

이런 사람은 둘만의 세계에 갇혀서 연애하는 경우가 많다. 이 사람이 보는 시선에서는 상대방만이 정답이 되고, 그래서 가스라이팅 당하기 쉽다. 주변 사람들에게 고민이랍시고 지금의 문제를 얘기하지만 주변인들의 조언은 또 듣지 않는다. 결국 자기 마음대로 할 거면서 왜 상담을 청하는가. 그럴 거면 혼자 고민하는 게 낫다.

'내가 아는 이 사람은 그런 사람이 아니야'라고 믿는 순간부터 인생은 꼬이기 시작한다. 한번 사랑에 홀리기 시작하면 정신을 못 차리는가? 그게 인생 망치는 길이다. 그렇게 몸과 마음이 피폐해진 채로 6개월, 1년이 금방 간다. 제3자가 진실을 말해줘도 내 마음이 시키는 대로 하고 싶다. 아니라고 얘기하는 사람이 한둘이 아니라면 당장 수용을 못 하더라도 한번은 다시 생각해봐야 하는데 눈 감고 귀 닫고 내가 지금 하고 있는 연애가 정답이라고 생각한다. 이런 태도가 얼마나 위험한지 당해보지 않은 사람은 잘 모른다. 정말 무서운 점은 한 번 겪어봤는데도 다음번 연애 때 똑같은 실수를 반복하는 경우도 많다는 것이다.

똥차 가고 벤츠 온다?

절대 그렇지 않다.

똥차 만났던 사람은 계속 비슷한 똥차만 만난다.

스스로 변화하지 않으면

아무것도 변하지 않는다.

　시야를 넓혀라. 주변에서 어떤 연애를 하는지 보고 다른 사람들이 자기 삶을 어떻게 꾸려가는지도 보라. 귀도 크게 열어라. 주변 사람들의 이야기를 두루두루 듣고 수용하라. 다른 사람들한테는 보이는 게 당사자에게만은 안 보이는 법이다. 그리고 항상 의심하라. 내가 지금 하고 있는 연애가 정답이라고 생각하지 마라.

　누가 봐도 좋은 상대가 아닌데, 그를 자신이 변화시키겠다고 생각하는 사람이 있다. 물론 사람은 변할 수 있다. 자신의 문제를 스스로 인정한다면 대부분 고치려고 노력한다. 철없는 어린 시절을 보내고 있는 중이 아니라면, 사람은 성장하고 싶어 하는 법이다. 그런데도 '사람은 고쳐 쓰는 게 아니다'라는 말이 있는 이유는, 자신이 잘못하고 있는 걸 알면서도 고칠 생각이 없는 사람이 많기 때문이다. 상대방이 변하지 않는다면 그건 사람이 변하기 어려운 게 아니라 그 사람이 고칠 생각이 없는 것이다.

사람은 스스로 변하고자 마음먹어야 변한다.
그런데 그 사람은 당신을 위해 고칠 생각이 없다.
그러니까 고쳐줄 생각을 하지 말라.
차라리 남이 고쳐놓은 걸 갖다 쓰는 게 훨씬 낫다.

상대방의 문제를 고쳐서 다시 잘 만나는 건, 현실적으로 이루어지기 힘들다. 설사 단점을 고쳤다고 해도 이 문제로 인해 다퉜던 일들이 내 기억에는 고스란히 남아 있다. 그래서 다시 어떤 갈등이 생기면 "너 옛날에 그랬잖아. 그 버릇 어디 가겠니"라는 말이 나오기 쉽다. 예전의 잘못을 떨쳐버리기가 힘들고 갈등이 생길 때마다 고스란히 수면 위로 떠오르는 것이다.

상대방도 연인에게 낙인찍혔다는 부담을 안고 살아야 한다. 그러니 자신의 흠을 알고 있는 사람과 헤어져 새롭게 출발하고 싶어질 것이다. 그 사람은 당신과의 연애에서 배운 점을 다른 사람을 만나 더 발전시키고 성장할 것이다.

그러니까 냉정하게 판단하고 이건 아니다 싶을

때 빨리 끊어내라. 당신 인생에 아무런 도움도 되지 않고, 좋은 경험이나 아름다운 추억도 되지 않는 연애 때문에 시간을 낭비하고 스스로 갉아먹지 마라. 이미 꼬였지만 지금이라도 꼬인 부분을 잘라내 버려라. 꼬인 부분을 풀겠다고 애를 쓰다가 안 꼬인 부분까지 꼬여버리고 더 복잡해지는 수가 있다. 더 두껍게 꼬였을 때는 잘라내려고 해도 잘 안 된다. 그 지경까지 가기 전에 끊어내야 한다.

결혼할 사람인지
단숨에 알아보는 법

결혼을 생각할 시기에 곁에 있다고만 해서
결혼 상대는 아니다.
그 시기에 곁에 있고
현실적으로 비전이 보이는 상대가 결혼 상대다.

결혼은 타이밍이라는 말을 한다. 결혼할 시기에 곁에 있는 사람이 결혼할 사람이라는 뜻일 것이다. 과연 그럴까? 나는 조금 다르게 생각한다. 결혼을 생각할 시기에 곁에 있다고만 해서 결혼 상대는 아니다. 그 시기에 곁에 있고 현실적으로 비전이 보이는 상대가 결혼 상대다.

　　주변을 보면 어린 나이에 만나 오래 연애한 사람들은 이어지기 힘든 경우가 많다. 그 이유는 현실적인 부분이 크다. 나도 지금보다 어렸을 때는 돈이 없어도 둘이 마음만 맞으면 잘 살 수 있다고 생각했고 무엇보다 사랑과 감정을 우선시했다. 사실 결혼이 뭐 대수인가 싶었다. 결혼하기 전에는 결혼이 이렇게 어렵고 복잡한 것인지 몰랐다. 결혼은 두 사람이 아니라 두 집안이 하는 거라는 말을 결혼 이후에야 이해했다.

서로에 대한 감정도
돈에 좌지우지되는 순간이 분명 온다.
현실적인 부분이 받쳐줘야
그 사랑도 유지된다.

현실적으로 연인과의 미래가 그려지지 않는 경우가 있다. 사랑하니까 헤어지는 일이 얼마나 힘들고 막막한 일인지도 안다. 하지만 당신이 가장 잘 알 것이다. 그 사람과 끝까지 가면 어떻게 될지. 앞이 빤히 보인다면, 상대방을 놓아주는 게 훨씬 수월해진다. 안 될 일에 매달려 자신과 그 사람을 괴롭히지 마라.

물론 쉽지 않다는 걸 안다. 어떤 사람을 사랑하는데도 불구하고 이성적인 판단을 한다는 것 자체가 보통 사람들이 쉽게 할 수 있는 일이 아니다. 이렇게 할 수 있는 사람은 두 가지 부류다.

첫 번째는 애초에 그렇게 태어난 사람들이다. 내가 좋아하는 건 좋아하되 이성적인 판단에 따라 구분 지어 행동할 수 있는 사람이다. 그런데 이런 사람들보다는 두 번째가 더 많다. 현실적으로 봤을 때 마냥 감정만 키우는 게 능사가 아니라는 걸 일찍부터 깨달은 사람들이다.

결혼을 한 사람들 중에는 남녀 불문하고 이런 케이스가 상당수를 차지한다. 연애할 때는 내가 죽고 못 사는 사람을 찾게 되는 경우가 많은데 결혼까지 놓고 보면 좋은 감정만으로 결혼을 결심하는 것에는 위험이 따를 수도 있음을 깨달은 것이다. 스스로 이성적인 판단을 할 수 있을 만큼, 컨트롤이 될 만큼의 감정을 주고받을 사람을 만나야 한다. 좋아하지만 이성적으로 판단도 할 수 있는 상대 말이다.

이게 안 되는 사람은 너무 감정만 앞서니까 이성적인 판단이 전혀 서지 않는다. 그런 사람들이 "나는 이 사람 아니면 안 돼", "이 사람 없으면 난 죽을 거야"라고 말한다.

'헤어져야 한다는 걸 머릿속으로 아는데 잘 안 된다'라고 말하는 사람은 결국 헤어져야 한다는 걸 모르는 것이다. 모르니까 계속 그러고 있는 것이다. 상대방을 놓고 결혼을 떠올렸을 때 걸리는 문제가 있다면 그건 조율하면 맞춰나갈 수 있는 문제라기보다는 고질적인 문제일 가능성이 높은 데도 말이다.

지금 만나는 사람과 결혼한다고 가정해보라.
어떤 생각이 드는가?
그 사람은 나와의 결혼에 대해
어떻게 생각하는가?
이걸 따져가면서 연애해야 한다.

그와의 결혼이 답이 안 나오는데도 불구하고 이성적으로 판단하지 못해서 질질 시간만 끄는 사람들이 엄청나게 많다. 그렇게 감정만 키우다가 시간만 보내고 나서 '이제껏 내가 뭐 했지'라는 생각에 허망해진다. 현실적인 문제는 상대방을 놓아줄 충분한 이유가 된다. 누구나 그런 아픔을 극복하면서 성장한다는 사실을 잊지 마라.

사랑 표현에 인색한 남자,
그게 서운한 여자

그 사람에게 사랑을 갈구하는 건
그에 대한 사랑이 깊기 때문이 아니라
그한테 원하는 게 많은 것이다.

"저는 표현을 잘하고 좀 사랑받길 원하는 스타일이고 상대방은 표현에 서투르고 '미안해, 고마워'에 인색한 사람이에요. 어느 정도 감안하고 만났지만 결국 서운해서 몇 번 싸웠어요. 사랑을 갈구하는 제 모습이 싫어요. 이별해야 할까요? 성향 차이를 극복할 수 있을까요?"

양쪽 입장이 다 이해가 된다. 문제 해결을 위해서는 먼저 상대방이 너무 표현을 안 하는 스타일이라서 내가 사랑 표현을 갈구하고 있는 건지, 아니면 내 성향 자체가 누구를 만나든 사랑을 갈구하는지를 알아야 한다.

서로 조금씩 노력해서 만족할 만한 상태를 만들 수 있다면 가장 좋다. 당신도 너무 상대에게 몰입하지 않고, 상대도 표현하려고 노력하는 것이다. 그런데 상대방이 노력하지 않는다면 문제다. 그건 곧 사과하기 싫고 고마워하기 싫다는 뜻이니까. 사랑을 꼭 표현해줘야 하냐고, 말 안 해도 네가 찰떡같이 이해해야 하는 거 아니냐고 한다면, 이것도 일종의 가스라이팅이다.

그렇다면 표현을 잘하는 사람을 만나라.
내 애정 표현에도 질려하지 않는 사람을 만나라.
당신의 서운함을 해결할 길은 없다.

그 사람이 질려하지 않도록 내가 애정 표현을 좀 덜 한다거나 다른 방식으로 바꿔본다거나 해서 해결될 일이 아니다. 서운하다고 얘기해도 벽이랑 얘기하는 듯이 끝내 이해받지 못할 것이다.

사실 과하게 애정을 표현하고 갈구하면 질려하는 남자도 있다. 특히 아이처럼, 마치 부모에게 하듯 항상 사랑을 갈구하면 상대방이 피곤해진다. 아무리 헌신적으로 잘해주는 엄마도 자식에게 집착하며 잔소리하고 간섭하면 자식이 부담스러워하지 않는가. 스스로 생각해도 자신이 과도하고, 그런 태도가 건강하지 못하다고 느낀다면, 그런 마음을 느끼게 되는 동기를 천천히 다시 점검해보라.

그 사람에게 사랑을 갈구하는 건
그 사람에 대한 사랑이 깊은 게 아니라
그 사람한테 원하는 게 많은 것이다.

상대한테 사랑받고 싶고 위로도 받고 싶고 좋은 연애를 하고 결혼도 하고 싶으니까 그러는 것 아닌가. 연애로 끝낼 게 아니라 결혼까지 생각하고 있다면 그 사람과 연애했던 시간에 비해 엄청나게 긴 시간이 남아 있다. 그래서 긴 시간 동안 서로 질리지 않는 관계를 유지하는 게 중요하다. 무엇보다 상대와 연애하면서 결혼하는 걸 목표로 삼지 말고 당신 자신이 성장하는 걸 목표로 삼아야 한다. 지금 이 고민의 시간을 자신을 좀 더 가꾸고 발전시키는 발판으로 삼아보면 어떨까.

누가 봐도 좋은 상대가 아닌데,
그를 자신이 변화시키겠다고 생각하는 사람이 많다.
물론 사람은 변할 수 있다.

다만 상대방이 변하지 않는다면
그건 사람이 변하기 어려운 게 아니라
'그 사람'이 고칠 생각이 없는 것이다.

신뢰가 믿음으로 바뀌면
흔들리지 않는다

민음이 생기면 서로 간에 어긋나는 일이 생겼을 때
상대방을 의심하는 게 아니라
'이 사람이 이러는 데는 그만한 이유가 있겠지'라고
생각하게 된다.

나는 현재의 아내가 된 여자친구와 꽤 오래 사귀었다. 누군가 여자친구에게 '어떻게 연애를 그렇게 오래 할 수 있느냐'고 물어본 적이 있었다. 그때 여자친구의 답이 인상적이었다. 나는 미처 생각하지 못한 시각이었기 때문이다.

여자친구의 말은 이랬다. 예를 들면 전날 잠들기 전에, 내가 "내일은 몇 시쯤 일어날 것 같다"라고 말할 때가 있다. 여자친구가 물어본 것도 아니고 약속한 것도 아니고 그냥 내 계획을 무심코 말한 것이다. 그리고 그다음 날 보면 내가 진짜 그 시간에 일어나더라는 것이다. 그리고 "나 내일 뭐 할 것 같아"라고 무심코 내뱉었는데 그 다음 날 정말 어제 얘기했던 그대로 생활하더라는 것이다. 그런 모습을 보면서 여자친구는 나에 대한 신뢰가 쌓이기 시작했다고 한다.

장기적 관계의 비결은 역시 신뢰다.
너무 뻔하고 당연하게 들리는가?
그 뻔한 걸 당신은 제대로 쌓고 있는가?

여자친구가 덧붙인 말이 있다. 보통 '신뢰'와 '믿음'을 똑같다고 여기지만 여자친구는 두 단어를 구분해서 생각하고 있었다. 즉, 신뢰는 믿음이 생기기 전 단계라는 것이다. 실제로 국어사전에서는 두 단어를 이렇게 정의하고 있다.

- 신뢰: 굳게 믿고 의지함
- 믿음: 어떤 사실이나 사람을 믿는 마음

신뢰가 쌓이면 그때부터 믿음이 생기기 시작한다. 믿음이 생기면 서로 간에 어긋나는 일이 생겼을 때 상대방을 의심하는 게 아니라 '이 사람이 이러는 데는 그만한 이유가 있겠지'라고 생각하게 된다. 믿음이 중요한 이유가 바로 이것이다.

신뢰만 있고 믿음이 없다면 어떤 일이 생겼을 때 그 사람을 한번쯤 의심해보게 된다. 그런데 신뢰가 쌓여서 믿음까지 생겨버리면, 예를 들어 하루 정도 연락 없이 잠이 들었더라도 어디서 뭐 하는지 의심하기보다는 이유가 있겠거니 하면서 다음 날 아침까지 기다리는 힘이 생긴다. 그러니까 신뢰 이상으로 믿음을 쌓아야 한다. 그러면 그 관계는 쉽게 흔들리지 않는다.

오래 사귀고 있다고 해서 위기가 없는 것은 아니다. 권태기가 찾아올 수 있는데 이때를 넘기는 방법은 진실한 대화를 나누는 것이다. 겉도는 이야기가 아니라 진심을 담은 이야기. 연애를 오래 하다 보면 오히려 연애 초반처럼 진지한 대화를 나눌 기회가 점점 사라진다.

'이쯤 사귀었으면 말 안 해도 알겠지.'

'우리가 만난 세월이 얼만데, 말해주지 않아도

그렇게 해줄 거야.'

　　'우리 사이에 군이 말을 해야 아나.'

　　이런 식으로 관계가 점점 변한다. 군이 남녀가
아니더라도 가족이나 오래된 친구 사이에서도 그렇지 않
은가.

　　오래된 관계에서는 많은 것이 당연시된다.
　　그러나 당연한 건 아무것도 없다.
　　여전히 같은 곳을 바라보고 있는지
　　대화로 확인하고 조율하라.

　　진지한 대화를 피하려고 하지 않고 자발적으로
하고 싶어 하는 마음, 그리고 그걸 들어줄 수 있는 마음에
대해 한번쯤 생각해보라.

　　연애를 오래 하다가 권태기가 왔다면 상대방이
나에게 하고 싶었던 말을 내가 하지 못하게 막은 건 아닐까
살펴봐야 한다. 말을 하고 싶어도 눈 앞의 사람이 들을 생각
이 없어 보이면 대화의 의욕이 사라지게 되는 법이다.

헤어진 이후,
반드시 기억해야 할 것

당신이 그 사람과 다시 만나고 싶어 하는 이유는
그 사람을 좋아해서가 아니다.
갑자기 덜컥 혼자 되니 어쩔 줄 몰라서,
누구라도 옆에 있었으면 좋겠는 것이다.

이별을 통보받은 남자가 많이 하는 말이 있다.

"너 나랑 헤어지면 분명 후회할 거야."

그런 자신감이 어디서 나왔는지, '나와 헤어지면 두 번 다시 나 같은 남자 못 만날 것'이라고 으름장을 놓는다. 하지만 여자는 당신보다 더 좋은 남자를 찾기 위해서 헤어지자고 한 것이다. 그러니 그런 말이 먹힐 리가 없다.

그러면 최후의 필살기로 하는 말이 한 가지 더 있다.

"다른 남자 만났다가 아니다 싶어서 돌아와도 소용없어."

자신의 가치를 뒤늦게 깨닫고 돌아와도 안 받아주겠다는 것이다. 누가 봐도 김칫국부터 마시고 있는데 당사자는 진지하다. 자기 딴에는 상대방한테 헌신적으로 잘했다고 생각하니 자기보다 더 잘해줄 남자는 없을 거라고 믿는다.

물론 여자 입장에서 더 못한 사람을 만나서 당신이 다시 생각나는 경우도 있을 것이다. "여태까지 사귀다가 헤어진 여자들은 다 한 번씩은 연락 왔다"라고 자랑스럽게 말하는 사람도 있다. 그게 과연 좋은 일일까?

한번 깨진 관계가 다시 잘되기는 어차피 힘들다.
상대방이 헤어지자고 하면
"나보다 더 좋은 사람 만나"라고
쿨하게 보내주는 게 제일 깔끔하다.
그리고 뒤돌아보지 마라.

그런데 비도 오고 집에만 있을 때면 외로운 감정이 스멀스멀 올라온다. 그러면 옛 연인에게 다시 연락을 해볼까 유혹이 찾아오기도 한다. 내가 가장 이해가 안 가는 게 만나봤던 사람을 또 만나려고 하는 것이다. 세상에 만날 사람이 얼마나 많은데 나한테 상처 줬거나 나와 맞지 않는 사람을 또 만나려고 하는가. 한 번쯤은 그럴 수 있다고 쳐도 매번 헤어진 뒤에 습관처럼 다시 만나는 사람이 있다. 그건 큰 문제다.

당신이 그 사람과 다시 만나고 싶어 하는 이유는 그 사람을 좋아해서가 아니다. 갑자기 덜컥 혼자 되니 어쩔 줄 몰라서, 누구라도 옆에 있었으면 좋겠는 것이다. 그래서 그나마 나를 잘 알고 편했던 그 사람을 만나고 싶은 거다.

나도 그런 적이 있었다. 한 번쯤 매달리는 게 당연하다고 생각했고 상대방의 헤어지자는 말이 진심이 아니라고 생각했다. "너 아니면 안 된다, 너 없이 못 산다"라는 말도 했다. 하지만 지나고 보니 오직 그 사람을 붙잡기 위해 내뱉은 말이었을 뿐 진심은 아니었던 것 같다. 나 스스로도 자신의 감정에 속았던 것이다.

당신은 그 사람이 필요한 게 아니라
그냥 혼자인 게 싫은 거다.

솔직히 지금 주변에 괜찮은 사람이 있다면
예전 그 사람이 생각이라도 나겠는가?

잘 헤어지는 법을 모르는 사람이 의외로 많다. 서로 안 맞거나 상대방이 나를 싫다고 하면 잘 받아들이는 것도 중요하다. 내가 정말 소중하게 생각했던 사람을 잃어서 힘들다고 생각하지 말고, 그냥 연애라는 걸 하다가 남들도 다 겪는 헤어짐을 맞았다고 생각하라. 이별은 자주 있는 일이 아니니 익숙하지 않아서 좀 어색하고 혼란스러울 뿐이다. 그렇게 받아들이면 극복하기가 좀 더 쉬워질 것이다.

걱정은 내일의 슬픔을
덜어주지 않는다

안 좋은 연애를 질질 끌어가면서 헤어지지 못하고
이도 저도 아니게 지속하는 사람보다는
단호하게 끊을 줄 아는 사람이 훨씬 나은 내일을 만든다.

호감이 가는 사람을 만나면 어떤 사람인지 궁금하다. 좋은 사람이었으면 좋겠는데…. 이때 그 사람을 살펴보기 위해 많이 알아보는 게 전에 했던 연애에 관한 정보이다. 그중에서도 얼마나 길게 한 사람을 만났느냐를 중요시한다. 하지만 이 판단에는 함정이 있다.

한번 만나면 길게 연애하는 사람과 길게 연애해 본 적이 없는 사람.

어떤 쪽을 선호하는가? 아마 대부분 전자를 선택할 것이다. 연애를 하며 만난 기간이 3개월을 넘긴 적이 없다고 말하면 '이 사람한테 뭔가 문제가 있나?' 하는 의구심을 갖게 되는 것이다. 반면 한번 만나면 몇 년씩 연애했다는 사람한테는 안정감을 느낀다. 결론부터 말하자면, 이런 생각은 선입견이다.

이런 선입견을 가지는 게 무리는 아니다. 연애를 시작하면 오래 만나고 싶지 금방 헤어지고 싶은 사람은 없기 때문이다. 그래서 그동안 짧게 연애해왔다고 하면 가볍게 만났다 헤어지는 성향이라고 생각하기 쉽다.

그러나 연애를 길게 한다고 해서 다 좋은 관계를 맺었으리라는 법은 없다.

맨날 싸우면서 좋지 않은 인연을
질질 끌고 가는 연애,
서로 잘 맞지 않는데도 끊지 못하고
질질 끌고 가는 연애, 행복해 보이지 않고
심지어 서로 미워하는 것처럼 보이는 연애,
이런 연애를 참 끈질기게 하는 사람도 많다.

반면 연애를 항상 짧게 했지만 그 사람 성향이 긍정적이고 쾌활하고 혼자일 때도 인생을 잘 살아가는 사람인 경우도 있다. 딱 100일 사귀었지만 그동안 상대를 있는 그대로 바라봐주고 이해해주다가, 그래도 아닌 것 같아서 단칼에 끊어냈을 수도 있다.

이처럼 선입견에 휩싸여서 연애 기간이 짧은 상대를 막연히 걱정하기만 한다고 해서 앞으로의 어려움이 사라지는 것은 아니다. 즉, 제대로 통찰력 있게 판단하지 못하는 상황에서 걱정만 하는 것만큼 인생의 발목을 잡는 일은 없다는 말이다.

연애를 짧게 한다고 해서
문제가 있는 것도 아니고,
한 사람과 오래 연애한다고 해서
안정적인 사람도 아니다.

물론 연애를 짧게 한 사람은 당사자에게 문제가 있어서일 수도 있다. 싫증을 잘 내는 사람일 수도 있다. 그러나 싫증이 난다고 연애를 금방금방 끝내는 것도 쉬운 일은 아니다. 아니다 싶으면 단호하게 끊어내는 성향의 사람일 가능성도 크다고 생각한다.

안 좋은 연애를 하면서 헤어지지 못하고 이도 저도 아니게 지속하는 사람보다는 단호하게 끊을 줄 아는 사람이 나한테는 훨씬 좋은 사람이다. 애초에 맞지 않는 사람과 장기간 연애한다면 얼마나 시간이 아까운 일인가.

연애는 짧게 했든 길게 했든 각자 상황이 다 다르고 변수가 많기 때문에 어느 쪽이 맞다고 확언할 수는 없다. 다만 짧게 연애하고 헤어진 것에 대해 색안경을 끼고 볼 필요는 없다는 생각이다.

만약 짧게 연애한 사람을 상대해보지 않았다면 선입견을 빼고 그 사람에 대해 좀 더 알아보라. 반대로 길게 연애했다는 사람들은 진득한 것 같아서 처음부터 좋게 생각한다면 오히려 그게 더 위험할 수 있으니까 다른 각도로도 살펴보라. 연애 기간뿐 아니라 헤어짐의 원인과 과정 또한 알아보고 깊게 생각해봤으면 한다.

이처럼 두 사람이 만나 마음을 맞추고 사랑을 키우는 과정에서 일어나는 모든 상황은 복합적이다. 올바른 판단의 시야를 가리는 '편견의 장막'을 걷어내고, 진짜 내 사람이 될 상대의 진면모를 확인하라. 그것이 이 책 전체에서 내가 하려던 말이다.

마지막 페이지에 다다른 지금, 기억에 남는 문장이나 마음을 뜨끔하게 하는 내용들이 있었기를 바란다. 그리고 자신의 관계를 차분히 돌아보는 시간을 잠시라도 가졌으면 좋겠다. 이제, 오늘부터의 사랑은 완전히 달라질 것이다. 가장 좋은 관계가 지금부터 시작된다.

사랑은 그렇게 하는 것이 아니다

초판 1쇄 발행 2022년 10월 19일
초판 26쇄 발행 2023년 12월 1일

지은이 김달
펴낸이 이경희

펴낸곳 빅피시
출판등록 2021년 4월 6일 제2021-000115호
주소 서울시 마포구 월드컵북로 402, KGIT 19층 1906호